KB262756

얼음
네루만 평원
테미르 종족 연합
리토르 산맥
코비란 산맥
루알 산맥
하비스 왕국
로엔 공국
쿠비란 왕국
비즈란 제국
게츠 공국
크란츠 왕국
안다인 왕국
델피란 왕국
코비온 산맥
중앙 산맥
리알ㄹ
토베 왕국
케르퍼 왕국
파킨츠 왕국
가피츠 왕국
요하임 왕국
온스크 왕국
자르 산맥
다피스 왕국
인데스 왕국

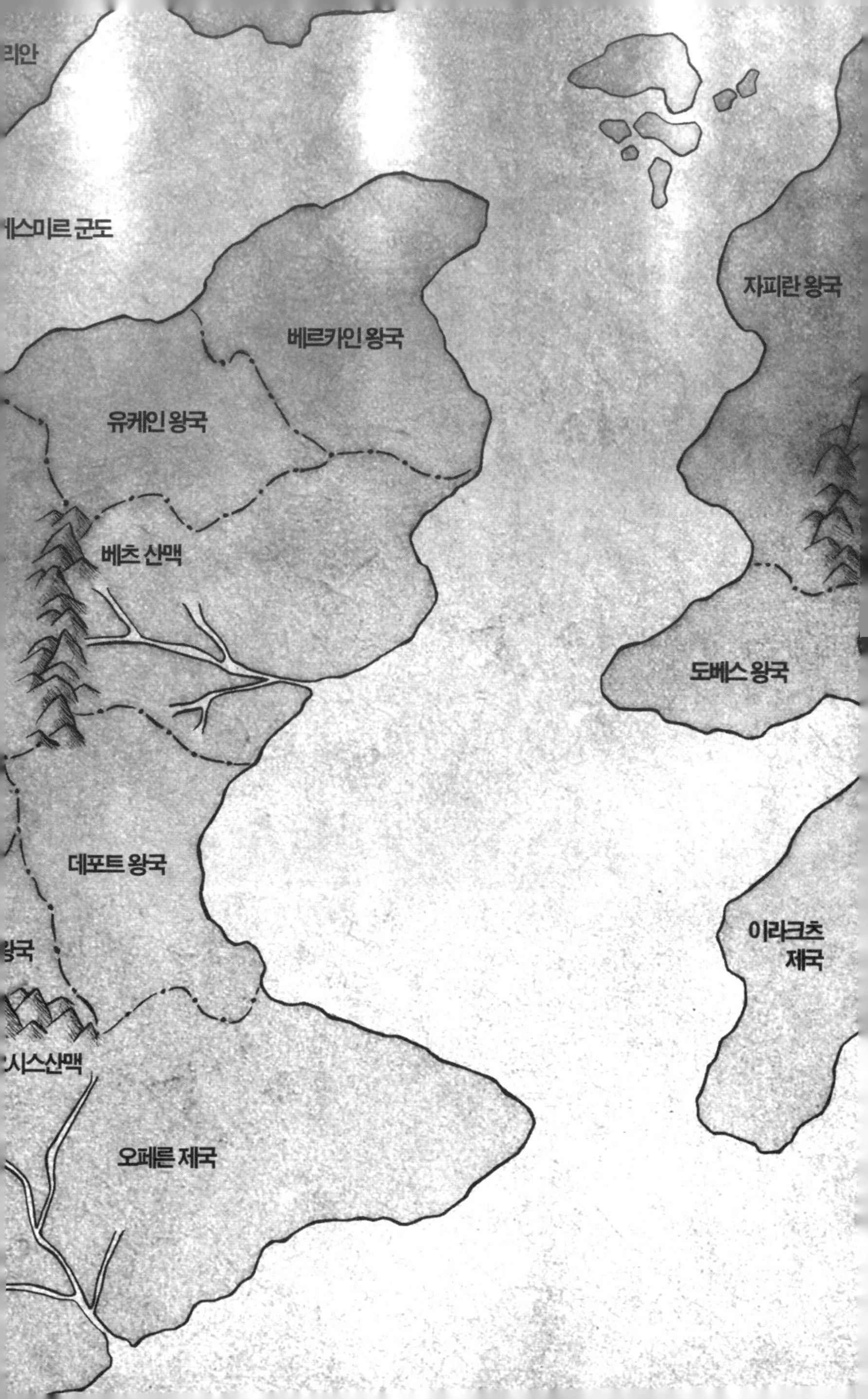

리안
베스미르 군도
자피란 왕국
베르카인 왕국
유케인 왕국
베츠 산맥
도베스 왕국
데포트 왕국
이라크츠 제국
왕국
시스산맥
오페론 제국

21세기 대마법사

김광수 퓨전 판타지 소설
FUSION FANTASTIC STORY

21세기 대마법사 18

김광수 퓨전 판타지 소설

초판 1쇄 찍은 날 § 2010년 2월 1일
초판 1쇄 펴낸 날 § 2010년 2월 5일

지은이 § 김광수
펴낸이 § 서경석

편집장 § 문혜영
편집책임 § 정서진
편집 § 유경화 · 서지현

펴낸곳 § 도서출판 청어람
등록번호 § 제1081-1-89호
등록일자 § 1999. 5. 31
어람번호 § 제1-1118호

주소 § 경기도 부천시 원미구 심곡2동 163-2 서경B/D 3F (우) 420-822
전화 § 032-656-4452 팩스 § 032-656-4453
http://www.chungeoram.com
E-mail § chungeoram@chungeoram.com

ⓒ 김광수, 2008

ISBN 978-89-251-2073-7 04810
ISBN 978-89-251-1609-9 (세트)

[완결]
18

21세기 대마법사

FUSION FANTASTIC STORY

김광수 퓨전 판타지 소설

청어람

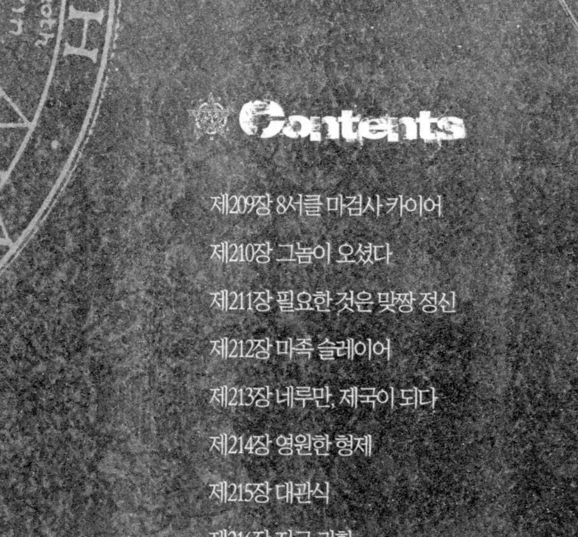

Contents

Chapter 209
8서클 마검사 카이어

　'어, 엄청나군!'

　조금만 늦었어도 손을 쓸 수 없을 정도의 무식한 전장의 광경.

　곳곳에서 터져 나오는 1서클 라이트 마법을 비롯하여 7서클까지 각종 마법 빛에 보이는 하늘과 땅.

　그 끝을 어디에 두어야 할지 모를 정도였다.

　수북하다 못해 켜켜이 쌓여 있는 몬스터들의 시체와 그 시체를 밟고 전진하는 영혼 없는 알타카스의 병졸들.

　그리고 내 눈앞에 사정거리에 들어와 있는 수천 마리의 데스 와이번들.

"홀리 샤우트!"

나타나자마자 상황을 파악하고 대규모 정화 마법을 펼치는 성기사들.

'자식들, 제법이네.'

태어나 처음으로 경험해 보았을 이동 마법.

그것도 한둘도 아닌 단체로 이동 마법을 당한 성기사들.

내가 아무리 8서클 마법사라지만 한두 마리도 아니고 수백 마리를 동시에 공간 이동시킬 수는 없었다.

네루만 대성에 자리 잡은 1등급 마정석으로도 어림없었다.

하지만 나에게 존재하는 9서클 마법 아이템.

생각의 차원을 달리했다.

한두 마리도 아닌 수백 마리까지도 가능한 차원 이동.

내 명령에 하늘을 날아 떠오르던 성기사들은 날아가던 그 자세로 국경 요새 상공에 나타나야 했다.

그리고 자신들 앞에 등장한 데스 와이번들을 향해 살기 위하여 성직 마법을 펼치는 성기사들.

홀리 샤우트 마법에 의한 강렬한 성스러운 광채에 눈을 감는 데스 와이번들과 데스 스카이나이트들.

기사들은 손을 들어 눈을 가리고 와이번들은 비틀거렸다.

케르르르르르르르르

키기기기기기기.

"총공격하라!"

"돌격!!!!"

기회를 놓칠 스카이나이트들이 아니었다.

성기사들이 일제히 뽑아내는 광채에 눈을 감고 비명을 토하는 적들을 향해 돌진하는 수천 마리의 와이번들.

'난전인가……'

피하고 싶었던 난전.

마법을 펼칠 시간이 부족했다.

내가 나타났을 당시에 이미 선두에 서 있던 와이번들은 적들의 사정거리에 들어와 있었다.

피비비비비비비비비빙.

말을 타고 돌진하는 기사들처럼 평원 같은 하늘에 모여 적을 향해 날아가는 장렬한 대륙의 영혼들.

그들이 날린 스피어가 마나를 머금고 하늘의 별들이 우수수 떨어지듯 창공을 갈랐다.

퍼버버버버벅.

쿠가가가가가.

그 뒤를 이어 터지는 비명과 파육음.

내가 개입할 틈이 없었다.

'조금만 버텨다오.'

선두에 선 네루만의 자랑스러운 스카이나이트들.

그리고 바즈란 제국을 비롯한 성기사들과 왕국 연합군들.

콰아아아아아아아아아앙!

천지가 개벽하는 엄청난 굉음에 고개가 돌려졌다.

'알타카스…….'

요새 정문과 암흑군단의 딱 중간 지점의 창공.

7서클 이상의 마법이 맞부딪치며 엄청난 마나 파장을 만들어내었다.

"크하하하하하하하하하하하하하하!"

귓가에 울리는 알타카스의 기분 나쁜 광소.

"왜 웃고 지랄이야. 이 검은 쥐 대가리 새끼야!"

화가 잔뜩 난 건달프 사부의 마나가 가득 담긴 버럭 역정.

"이거나 처먹어!"

파아앗!

처먹으라는 말과 함께 뿜어지는 8서클 마법사의 풀 파워 마나.

쉬이이이이익.

퍼어어어어어어어어어어엉!

다시 부딪치는 무식한 마나의 충돌.

'고생 좀 해보쇼.'

딱 보아도 아직 버틸 만한 사부의 모습.

동시에 머릿속을 스치고 지나가는 과거 사부의 만행.

고개를 돌렸다.

"베베토, 가자!"

요새 성벽을 향해 꾸역꾸역 몰려가는 수만의 암흑군단.

그들의 머리 위로 베베토를 몰고 날아갔다.

"기가 라이데인!"

입을 열고 튀어나오는 7서클 대전격 범위 마법의 이름.

번쩍!

8서클, 아니, 다른 마법사와는 차원이 다른 8서클 마나 양을 한껏 자랑하며 대지를 향해 펼쳐지는 굵은 줄기의 전격의 폭풍.

'오늘 다 죽었어!'

손에 들려 있는 골드 드래곤 타르카니아의 유물, 절망의 지팡이.

내 마음을 알기라도 하듯 새카만 광채가 어둠을 뚫고 빛나고 있었다.

콰지지지지지지지지지지지지직.

대지의 마나를 머금고 지상에 뿌려지는 수백 발의 번개와 그 파장.

비명도 없었다.

그저 눈을 뜨고 볼 수 없는 새파란 분노가 방금 전까지 요새를 향해 걷고 있던 암흑 병사들의 육신을 성난 파도처럼 휘감고 있을 뿐이었다.

　'저, 저놈은 뭐야!'
　어둠의 후계자 알타카스가 100년 전 대륙을 울렸던 금안의 사신과 마력을 나누고 있는 순간.
　암흑제국 2인자라 할 수 있는 샤이닝 마탑의 탑주 갈루아이스는 전장을 지휘하고 있었다.
　단단하지만 급조된 네루만 영지의 요새.
　성벽 위에 대륙 각 마탑의 마법사들과 네루만 정예 병사들이 대기하고 있었지만 두렵지 않았다.
　영주 카이어가 없는 네루만은 허깨비와 같았고, 요새 성벽에 몸을 의지하고 있는 병사들과 마법사들은 곧 데스나이트와 암흑제국 병사들에게 갈가리 찢겨 죽임을 당할 것이 분명했다.
　또한 중요 전력이라 할 수 있는 공중전에서도 압도적이었다.
　멍청하게 암흑제국에 가장 큰 타격을 입힐 수 있는 성기사 도움도 없이 나타난 네루만과 대륙 연합 스카이나이트들.
　숫자가 데스 와이번보다 두 배 이상 많았지만 그건 어디까지나 숫자놀음.

스피어 한두 발로 어찌할 수 있는 데스 와이번이 아니었다.

물론 살아 있을 당시보다 판단 능력이 떨어지는 데스 스카이나이트와 와이번들이었지만 그 점은 살기 어린 투기로 극복하고도 남았다.

그런데 갑자기 창공에서 빛이 번쩍이더니 공간이 열렸다.

그리고 나타난 수백 마리의 와이번과 성기사들.

흑마법사들에게도 타격을 입힐 수 있는 홀리 샤우트 마법을 펼쳐 공간의 마나를 정화시켜 버렸다.

쿠오오오오오오오오!

"카, 카이어!"

당황한 갈루아이스의 눈에 보이는 이종교배 와이번.

요새에서 뿜어져 나오는 라이트 마법에 날개를 펄럭이며 진격하는 암흑제국 병단에 마법을 난사하고 있었다.

콰지지지지지지지지직.

퍼버버버버버버버벙.

7서클 마법을 무차별적으로 난사하는 카이어와 이종교배 와이번.

멍한 시선으로 지상에 뿌려지는 마법의 저주에 바라보는 갈루아이스.

쉬쉬쉬쉬쉬쉬식!

케게게게게게게.

갑자기 왼편에서 울려오는 데스 와이번의 비명 소리들에 고개를 돌렸다.

"……!!!"

눈동자에 들어오는 한 장면.

창공을 휘젓고 있는 바람의 상급 정령 진들의 모습.

그리고 은빛 화살들.

"에, 엘프……."

그러했다.

천 년 만에 인간계 전투에 나타난 이들은 놀랍게도 엘프.

와이번에 필적할 만한 전투력을 소유한 하르피를 타고 백여 명이 넘는 엘프 스카이나이트들이 등장하였다.

데스 와이번들조차도 막기 힘든 바람의 상급 정령들을 대동하고서.

'오잉?

요새 성벽에 근접해 있던 암흑제국의 똘마니들을 처리하고 있는 사이.

익숙한 정령들의 느낌에 고개를 돌렸다.

'올레!'

보는 순간 터져 나오는 한마디.

간절히 원했지만 인간들의 전쟁에 결코 개입하지 않는다

는 원칙을 세우고 있기에 차마 말하지 못했던 엘프들.

그들이 나타났다.

근접전에 탁월한 능력을 발휘할 수 있는 바람의 상급 정령진을 수십 마리 대동하고 나타난 엘프들.

나타나자마자 정령들을 이용하여 공간을 정리하며 데스 와이번 진형의 오른쪽을 파고들며 은빛 화살을 날려대고 있었다.

'고맙다. 이 은혜는 두고두고 갚아주마.'

네루만 부흥 역사에 길이길이 기억될 엘프들.

그들 또한 나의 사랑(?)을 받기에 충분한 나의 백성들이었다.

쉬쉬쉬쉬쉬쉬쉿!

퍼버벅!

쿠에에에에에에에에엑!

카아아아아아아악!

그렇다고 난전이 끝난 것은 아니었다.

갑작스러운 엘프들의 등장으로 오른쪽 부근이 휑하니 뚫린 데스 와이번들.

타격을 받았음에도 멈추지 않았다.

어차피 죽음에 대한 두려움 따위는 애초에 없는 놈들이었기에 추락하는 그 순간까지 흉포함을 드러내었다.

'너희들에게… 자비를 허락한다.'

사실 저렇게 물불을 가리지 않고 덤비는 데스 와이번과 데스나이트들이 무슨 죄가 있겠는가.

자신이 선택하지도 않고 일어난 결과.

적이었지만 자비를 받아도 될 존재들이었다.

'그러나 네놈들은 모두 찢어 죽인다.'

8서클에 오르자 온몸으로 대기의 마나들이 느껴졌다.

대기의 마나뿐만이 아니었다.

차별없는 마나를 이용하는 타락한 흑마법사들의 기운까지 감지되었다.

그 순간 나를 향해 날아오는 십여 개의 맹렬한 기운.

대기에서 끌어들이는 마나 양으로 보아 7서클 급.

죽어서 반 리치가 된 대륙 마탑의 마탑주들.

그들이 마법을 펼치며 나에게 날아왔다.

횃불을 향해 날아오는 생명없는 불나방들.

척.

손에 들린 절망의 지팡이에 마법이 담겨졌다.

그리고 베베토는 본능적으로 날아오는 마법사들을 향해 돌진했다.

주인이 세상 그 누구보다 강함을 알고 있는 베베토.

난 그런 베베토를 실망시킬 수 없었다.

‘넌 죽었다.’

7서클 마법사로 알려진 네루만의 영주.

모습을 찾을 수 없다기에 어디로 도망간 줄 알았건만 와이번을 타고 전장을 누비고 있었다.

‘이제 네놈의 마나는 바닥일 것이다. 흐흐흐……’

정보에 의하면 7서클 마법사 주제에 8서클 급 마나를 보유하고 있다 알려진 카이어.

그런 그가 죽는다면 엘프들의 도움 따위는 아무 의미도 없었다.

8서클 흑마검사 알타카스만 존재한다면 암흑제국을 유지하는 데스나이트와 병사들은 무한대로 만들어낼 수 있었다.

‘잘 가라, 어리석은 인간 놈아.’

대기 중인 열 명의 7서클 준리치들을 동원하여 공격 명령을 내렸다.

그리고 지금 준리치들의 작렬하는 마법 공격들이 카이어에게 달려들고 있었다.

입가에 승리의 미소를 짓는 샤이닝 마탑의 탑주 갈루아이스.

대륙에 전쟁의 신이라 불리는 카이어였지만 알타카스에게 무참한 패배를 당했던 놈.

막을 리가 없었다.

8서클 마법사라 해도 살아날 확률이 극히 드문 7서클 마법사들의 집중 공격.

놈과 와이번은 이내 7서클 마법사들이 펼치는 다양한 마법 공격에 휩싸였다.

번쩍!

눈을 뜰 수 없는 강렬한 광채.

갈루아이스는 자신도 모르게 고개를 돌렸다.

“……?”

귓가에 들려오지 않는 폭발음.

사방이 치열한 전쟁터였지만 7서클 마법들이 폭발하면 모든 공간이 울려야 하건만, 전혀 소리가 들리지 않았다.

“……!!!”

고개를 돌리는 순간 턱 벌어진 입과 놀란 눈동자.

말이 나오지 않았다.

그저 더할 나위 없이 커진 갈루아이스의 눈에 보이는 광경.

거짓말처럼 어지간한 성 하나쯤은 박살 낼 것 같던 7서클 마법들이 소멸되어 있었다.

조각배를 순식간에 삼켜 버리는 강렬한 태풍처럼 수십여 가지의 마나 빛의 잔상을 만들어내며 강제 소멸된 마법들.

그리고 보였다.

와이번을 몰고 돌격하는 카이어의 손에 들려 있는 검은 스태프에 담겨 있는 엄청난 마나의 파장.

촤아아아아아아아아악!

마나 스태프에서 뿜어져 나오는 음차원의 검은 폭풍.

마법으로 형성화되지도 않았다.

마법사들이 가장 꺼려하는 순수 마나의 공격.

그대로 일정 간격으로 공중에 떠 있는 7서클 리치들에게 달려드는 마나.

파스스스스스.

녹아내렸다.

다른 공간은 그대로 놔두고 준리치들이 서 있는 공간을 선택적으로 침투한 엄청난 마나의 그림자.

순식간에 리치들이 대항할 시간도 주지 않고 시간과 공간을 녹여 버렸다.

“마, 마나 어택……”

7서클 마법사인 갈루아이스가 겨우 흉내나 낼 수 있는 8서클 이상 마법사들의 순수 공격.

마법이라 말할 수 없지만, 마법이 아니라고도 말할 수 없는 공격 방법.

팟!

생명을 삼켜 버린 포악한 뱀처럼 핵심 전력인 준리치들을 삼켜 버린 음차원의 그림자.

짧은 빛의 파장을 만들어내며 사라져 버렸다.

딸꾹딸꾹.

놀란 갈루아이스의 입에서 터져 나오는 딸꾹질.

네루만의 영주 카이어.

놈은 7서클 마법사가 아니었다.

방금 보인 무시무시한 공격은 8서클, 아니, 모든 마법사들의 영원한 꿈인 9서클 마법일 수도 있었다.

퍼버버버버버버버버버벙!

차자자자자자자장.

전투에 몰입한 수천 마리의 와이번들조차 감히 침범하지 못하는 전장의 한 공간.

8서클 마법사들만 펼칠 수 있는 최강 실드 마법 중 하나인 앱솔루트 실드.

파란 다이아몬드 같은 실드를 두들기는 수백 발의 회전하는 전격의 창.

실드를 유지하기 위하여 태어나 처음으로 젖 먹던 힘까지 쏟아붓고 있는 아이달의 이마에서는 굵은 땀방울이 흘러내렸다.

'위, 위험하다!'

대륙을 떠난 지 백 년이 지났건만 마법과 검술 그 무엇으로도 적수가 없을 줄 알았다.

하나 그것은 커다란 오판.

자신보다 더 오래 산 흑마검사 알타카스에 의하여 태어나 처음으로 피똥 쌀 운명에 처한 아이달.

'크으, 괜히 와가지고……'

바람이나 쐴 겸해서 차원 이동을 감행한 아이달.

이런 꼴이 될 줄은 상상도 못했다.

자신 덕분에 잘살게 된 제자 등이나 후려서 몇 달 푹 놀다 갈 생각밖에 없었건만 생각지도 못한 강적에 벼락 맞은 개꼴이 될 판이었다.

'이럴 줄 알았으면… 그냥 튈걸.'

8서클 흑마검사가 있다는 말을 들었을 때 잠시 갈등했던 아이달.

살 만큼 살았지만 아직 100년 정도는 너끈히 더 살 수 있는 힘과 능력이 있기에 지구로 튈 생각도 잠시 해봤다.

하지만 아직 죽지 않은 남자의 자존심이 그것을 막았다.

"브, 블링크!"

마법뿐만이 아니었다.

마법을 펼치는 와중에 전격의 창 사이로 파고들며 검을 휘두르는 알타카스.

눈치 100단인 아이달은 위급함을 눈치채고 블링크를 펼쳤다.

팟!

쉬이이이잉!

아이달이 방금 전까지 서 있던 공간을 가르는 전격의 창과 새파란 블레이드가 담겨 있는 검 한 자루.

"크크… 쥐새끼 같은 놈."

천하의 아이달을 쥐새끼 취급하는 알타카스.

알타카스는 비릿한 비웃음을 지으며 저 멀리 공간에서 모습을 나타내는 아이달을 바라보았다.

한때 대륙을 쩌렁쩌렁 울렸던 대마법사였지만, 자신의 상대가 될 수 없었다.

마법 실력이야 비슷할지 몰라도 파괴적 공격 마법이 특출한 흑마법과 마법사로서는 감당할 수 없는 검술.

아이달이라 하더라도 8서클 흑마검사의 적수는 아니었다.

"네놈의 재롱도 이제 끝이다."

아이달과의 마법 대결로 잠시 정신을 파는 사이, 하늘에서 벌어지는 접전 양상이 달라져 있음을 파악한 알타카스.

난전이 벌어지고 있었다.

일반적인 스카이나이트라면 상대가 될 수 없건만, 곳곳에 보이는 성기사 스카이나이트들의 모습.

새로운 전력이 등장한 것이 분명했다.

"크크크……"

하지만 변할 것은 없었다.

오늘 전투로 죽은 와이번과 스카이나이트로 다시 데스 와이번과 데스나이트를 만들면 그만.

느긋한 마음으로 검을 움켜쥐고 아이달에게 이동하려 하였다.

파아앗!

"……!!!"

그 순간 갑자기 알타카스의 마나에 감지되는 엄청난 음차원 마나의 파동.

마나를 향해 고개를 돌린 알타카스.

"헉……!"

처음으로 그의 입에서 신음이 흘러나왔다.

"마… 마나 어택!"

마법사들이라면 누구나 알고 있는 무식한 공격 방법.

상대방을 이길 충분한 자신이 있는 자.

그것도 고서클 마법사만이 펼칠 수 있는 드래곤의 용언 마법과 비슷한 마나 공격.

지워지고 있었다.

알타카스가 심혈을 기울여 완성한 7서클 준리치들.

공간을 점령한 마나의 힘에 대항하지 못하고 소멸해 버렸다.

공격을 펼친 자를 향해 움직이는 눈동자.

그리고 알타카스의 눈에 들어오는 익숙한 인간.

"카… 카이어!"

그러했다.

놀랍게도 지금 마나 어택을 뿌리는 자는 모습을 감췄다는 네루만의 영주 카이어.

"8, 8서클을 이뤘단 말인가……."

허탈한 목소리를 뱉어내는 알타카스.

자신도 100년이 넘는 세월 동안 닦아서야 이르렀던 8서클의 경지.

그런데 이제 갓 스무 살 정도밖에 안 되는 카이어가 8서클 경지에 올랐음을 깨달았다.

보고 있어도 믿을 수 없는 광경.

팟!

그리고 끝이 났다.

감히 자신 이외에는 그 누구도 어찌할 수 없는 7서클 준리치들.

어설픈 자신들의 마나로 방어를 하다가 순식간에 그림자 하나 남기지 않고 소멸되어 버렸다.

"크크크……."

놀람도 잠시.

차가운 알타카스의 웃음이 그의 눈동자를 따라 울려 나갔다.

와이번을 타고 자신을 바라보고 있는 놈.

카이어가 그를 향해 살폿 웃음을 날리고 있었다.

Chapter 210
그놈이 오셨다

크아아아아아아아아아!

피쉬쉬쉬쉬쉬쉿!

"돌격하라!"

"막아라! 반드시 자리를 사수하라!"

사방에서 들려오는 전장의 소음.

알타카스의 중요 전력 중 하나인 7서클 준리치들이 사라졌
다.

내가 만들어낸 결과지만 나도 황당할 정도였다.

'스스로 공격했다. 절망의 지팡이가……'

누구에게 말해도 믿지 못할 괴사.

8서클에 이른 나라 해도 단 한 번에 놈들을 어찌할 수는 없었다.

그러나 내가 놈들을 향해 살기를 품고 의지를 드러내자 스스로 반응하여 마나 어택을 뿌린 절망의 지팡이.

9서클 마법 아이템이 이런 거라는 것을 몸소 보여주었다.

'빨리 마무리 지어야 한다.'

공중에서 벌어지는 스카이나이트들의 전투는 완벽한 우세를 점하고 있었다.

성기사들의 도움으로 죽어 있는 영혼을 소유한 데스 와이번과 데스 스카이나이트들을 무난하게 처리하는 인간 연합군.

엘프들이 소환한 정령의 힘이 더해지자 상황은 아주 유리하게 전개되었다.

하지만 안심할 수 없었다.

아직 살아 있는 데스 와이번의 숫자가 천 단위였고, 요새 성벽을 향해 살아남은 몬스터와 암흑제국 병사들이 뛰어오르고 있었다.

그런 적들 중에 섞어 있는 흉맹한 데스나이트들의 모습.

찌리리릿.

그 순간 내게 향해지는 시선 하나.

상당한 거리를 두고 있음에도 강렬하게 느껴졌다.

‘후후……’

썩소를 날리고 있는 알타카스.

태연한 척 보였지만 긴장을 하고 있음을 확연히 느꼈다.

씨이익.

입가에 지어지는 미소 하나.

드디어 벌어지는 복수전.

놈만 아니었어도 평화롭게 진작 완성되었을 나의 파라다이스.

이제 짧은 악연을 끝내야 할 시간이었다.

“베베토, 다녀오마. 앱솔루트 실드!”

놈과의 대결에 베베토를 몰고 갈 수 없는 법.

베베토의 몸에 8서클 마법사만이 펼칠 수 있는 절대 방어 마법을 걸어주었다.

방어구에 착용된 마정석과 내가 펼친 마법의 힘이라면 수십 분은 견딜 수 있을 정도.

“블링크!”

내 시선이 머무는 자리가 곧 이동 경로인 블링크.

공간이 일렁거렸다.

그리고 내 몸은 공간을 초월하여 알타카스 곁으로 다가갔다.

"아고고……."

절로 터져 나오는 신음.

100년도 훨씬 넘도록 제대로 누구와 겨뤄보지 못한 아이달.

자신의 이름을 듣는 것만으로도 다 큰 어른도 오줌을 지렸건만, 세상이 변해 있었다.

같은 8서클 마법사라는 말에 호기를 부리다 목이 댕강 잘려 나갈 뻔한 아찔한 경험.

블링크를 펼쳐 도망간 와중에도 신음을 흘리며 알타카스의 모습을 살폈다.

'더는 때려 죽어도 못 버텨!'

장난도 아니고 죽음이 왔다리 갔다리 하는 전장.

처음으로 맛보는 힘없는 자의 서러움(?)을 체득한 아이달은 마나를 모았다.

일단 워프 마법을 펼쳐 이곳을 벗어난 뒤, 뒤도 안 돌아보고 지구로 토낄 생각밖에 없었다.

금안의 사신이라는 이름값과 자존심이라 하더라도 목숨값과는 비교할 수 없는 법.

스태프에 마나를 불어넣었다.

파앗!

막 워프의 시동어를 읊으려는 그 순간,

갑자기 전방에서 느껴지는 강렬한 마나의 폭풍.

아이달은 무식한 마나의 향기에 고개를 번쩍 들었다.

"오잉?"

그리고 보았다.

공간과 시간을 잠식해 들어가며 목표한 대상을 마나가 가진 순수한 힘으로 소멸시켜 버리는 마나 어택이 펼쳐지는 광경.

"카, 카이어!"

눈이 화등잔만 하게 떠진 아이달.

자신의 제자 카이어가 아이달도 펼치기 힘든 마나 어택을 펼치고 있었다.

그것도 한눈에 봐도 흑마법사들이 사용한다는 음차원의 마나.

꿀꺽.

마른침이 넘어갔다.

약간은 장난스럽게 시작한 강혁과의 인연.

지구에서 사라질 자신의 마법이 안타까워 제자를 두었고, 실험 삼아 차원 이동의 팔찌도 채워주었다.

사실 진작 자신을 지구로 보낸 마법사들을 처단하기 위한 절실한 마음을 먹었다면 아이달 스스로 칼리안에 이동할 수 있었다.

그러나 귀차니즘의 발동과 익숙하고 편리한 생활을 버리기 싫어 강혁을 실험실 동물 삼아 이곳에 보낸 것이다.

자신도 사용해 보지 못한 새로운 마나 호흡법과 마나 지식을 이전시켜 주고 말이다.

그런데 강혁이 지금 아이달 앞에서 8서클 급의 마나 양을 선보이며 준리치들을 지워 버리고 있었다.

자신도 감히 펼치기 힘든 마나 어택.

아이달의 표정은 시시각각 변해 버렸다.

제자의 8서클 경지를 축하해 줘야 하는 스승의 입장과 누구는 뭣 나게 근 100년간 공을 들여 완성한 8서클 경지를 단 몇 년 만에 이룬 천재에 대한 마법사로서의 질투.

복잡다단한 시선으로 카이어를 바라보는 아이달.

"움하하하하하하하하하하하하!"

하지만 고민도 잠시였다.

이내 파안대소를 터뜨리는 아이달.

"세상에 나보다 뛰어난 마법사가 있으면 나와보라고 그래. 누가 있어 제자를 단 몇 년 만에 저런 대마법사로 만들 수 있더란 말인가! 하하하하하하! 다 사부가 잘난 덕분이 아니겠어. 하하하 하하하하!"

호탕한 모습을 보이는 아이달.

그러나 가슴 한 켠에 자리 잡은 질투가 발산되며 눈가 한쪽
이 씰룩거렸다.

이제는 하나도 아니고 둘, 아니, 셋이나 등장한 8서클 마법
사들.

'반드시 9서클은 내가 먼저 이루리라!'

잠자던 마법사로서의 오기가 발동하는 아이달이었다.

"크크크… 애송이가 아직 살아 있었군."

알타카스와 마주한 공간.

플라이 마법을 펼치지 않고 의지만으로도 허공에 뜰 수 있
는 8서클의 경지.

마음만 먹으면 단 한 번에 마주칠 수 있는 20미터 정도의
거리를 두고 알타카스가 비웃음을 던져 왔다.

"남의 가죽을 걸치고 서 있는 근본도 없는 시체 놈이 쪼개
기는. 야, 똥파리, 이제 그만 꺼져 주면 안 되겠니? 네가 지금
마시는 마나도 아깝다."

"이, 이놈이!"

어차피 입으로는 절대 내 상대가 되지 않는 알타카스.

단 몇 마디에 얼굴이 벌겋게 달아올랐다.

'자식아, 이제 안 쫄거든.'

불과 얼마 전에는 알타카스에게 쫄아서 도망치기 바빴던

나였다.

하지만 하느님이 보우하사 당당하게 맞짱 뜰 수 있는 힘을 소유했다.

"오늘 확실하게 결판 짓자. 쪽팔리게 예전처럼 기생 마법을 펼쳐 숨지 말고 너와 나 둘 중에 하나 확실히 칼리얀에서 사라져 주자. 네놈이 그래도 8서클 대마법사라면 말이야."

자존심을 팍팍 건드렸다.

과거를 들먹이며 놈의 도망가고자 하는 의지를 봉쇄하였다.

사실 지금도 놈이 마음만 먹는다면 이곳에서 도망칠 수 있었다.

그리고 어디 한곳에 짱 박히면 절대 찾을 수 없을 것이었다.

"크크크. 겁대가리를 상실한 것은 여전하군. 보아하니 깨달음을 얻어 8서클에 오른 것 같다만, 8서클이라고 다 같은 8서클이 아니라는 것을 보여주마."

파아아아앗!

말이 끝나기 무섭게 놈의 몸에서 흘러나오는 무식한 음차원의 마나.

'이질적이군.'

내가 품고 있는 음차원 마나와는 차원이 다른 탁한 놈의 기운.

알타카스가 품고 있는 마나는 세상을 구성하는 순수한 음차원 마나가 아니었다.

깊은 산속에서 맡을 수 있는 시원한 산소가 아닌 공해에 찌든 공장 지대의 공기처럼 탁한 놈의 마나 향기.

역겨웠다.

한때는 인간이었을 수는 있었어도 결코 인간이 아닌 자.

평화로운 꿈을 꾸는 이들을 위하여 사라져야 할 악질 병해충이었다.

지금도 놈 때문에 피 흘리고 있는 이 공간의 수많은 이들.

팟!

분노가 일자 손에 들린 1미터 크기의 절망의 지팡이가 순수한 음차원의 분노로 검게 달구어졌다.

"…타르카니아의 유물이군. 호오, 이런 곳에 나타날 줄이야."

놀랍게도 골드 드래곤 타르카니아의 유물을 알아보는 알타카스.

흑마법사들에게는 아마도 전설로 내려오는 것 같았다.

"가지고 싶나?"

"크크크. 당연하지. 내 눈에 띈 이상 그 물건은 나의 것이다. 이 위대한 흑마검사 알타카스님의 소유란 말이다.”

떡 줄 사람은 생각도 안 하건만 혼자 즐거워하는 놈.

그런 알타카스에게 들려줄 내 한마디는 오직 하나.

“병신… 삽질하네…….”

“이놈이!”

피식거리는 비웃음을 흘리며 흘러나온 한마디에 발끈하는 알타카스.

“주뎅이 그만 나불거리고 한 판 뜨자.”

척!

검은 아니지만 검보다 더 무서운 흉기인 절망의 지팡이.

알타카스의 대가리를 향해 겨누어졌다.

“주제 파악도 못하는 애송이 놈이… 으드득.”

이를 가는 알타카스.

놈의 눈동자가 지옥에 산다는 똥개마냥 새빨갛게 달아올랐다.

“그럼 나 먼저 간다!”

선빵을 알리며 그대로 놈에게 돌진하였다.

8서클 마법사가 된 이후로 자연스럽게 펼쳐지는 마나 실드.

사람들이 왜 돈 처들여 명품을 사는지 그 이유를 이제 알 것 같았다..

8서클 마법사의 경지.

이것은 돈으로 살 수 없는 스스로 오라를 만들어내는 명품 중의 명품이었다.

쉬쉬쉬쉬쉬쉬쉭!

8서클에 오른 자신감이던가.

말과 함께 공간을 갈라오는 놈.

'위, 위험하다!'

화가 머리끝까지 올라챴지만 알타카스는 그따위에 무너질 인내심 바닥 인생은 아니었다.

블링크 마법처럼 공간을 격해보며 흩뿌리는 놈의 손.

그리고 그 손길에 따라 만들어지는 십여 개의 블레이드 소드.

쇄애애애애애액!

방심하지 않고 알타카스는 몸을 뒤로 물리며 마나를 검에 담았다.

어차피 8서클 마법으로는 단기간의 승부를 볼 수 없는 상황.

아이달을 상대하느라 마나가 제법 소모된 상황에서 효과가 불확실한 마법을 사용할 수 없었다.

그 대신 택한 무기를 이용한 근접전.

알타카스가 원하던 바였다.

카가가가가가가가가강!

허공중에 부딪친 알타카스와 카이어의 마나.

요란한 굉음과 불꽃을 동반하며 소멸되었다.

'흡!'

순간 놀라는 알타카스.

아무리 놈이 8서클에 올랐다지만 수백 년을 마검사로 살아 남은 자신을 어찌할 마나 양을 소유하지는 못했을 것이라 생각했다.

그러나 예상을 뒤엎고 자신이 만들어내는 블레이드 소드를 깔끔히 없애 버리는 놈의 마나.

"탓!"

기합을 불어넣으며 있는 힘껏 마나를 블레이드 소드로 형상화시켰다.

'호오!'

역시 8서클 흑마검사다웠다.

기합과 함께 만들어지는 수십여 개의 블레이드 소드.

그 하나하나에 담겨 있는 마나 양은 블레이드 마스터가 혼신의 힘을 다해 만들어낸 것과 다름없어 보였다.

하지만 딱 거기까지.

부우웅!

아이 머리통만 한 수정구를 가장한 요상한 마정석이 박혀 있는 절망의 지팡이가 가볍게 휘둘러졌다.

위이이이이이잉!

그 순간 투명한 마나의 막이 물결치듯 일렁이며 놈이 만들어낸 블레이드 소드를 감싸갔다.

파치지지지지지직.

'베리 굿!'

보고만 있어도 환장할 정도의 힘의 차이.

놈이 만들어낸 블레이드 소드는 가볍게 소멸시켜 버리는 절망의 지팡이에 담겨 있는 힘.

내 마나를 사용할 것도 없었다.

'서, 설마?'

갑자기 머리에 드는 생각 하나.

아무리 최고급 마정석이라 해도 이런 능동적이고 압도적인 힘을 담고 있을 수는 없었다.

말로만 들었던 지상의 위대한 존재, 드래곤이 소유한 드래곤하트를 제외하고는 말이다.

'맞아! 이제야 말이 되는군.'

단 한 번도 이 수정구 안에 드래곤하트가 담겨 있을 거라는 생각을 하지 못했다.

투명한 수정구 안에 꿈틀거리는 드래곤의 심장이 들어가 있다고 누가 상상할 수 있단 말인가.

하지만 8서클에 오르자 알 수 있었다.

드래곤하트는 본래 드래곤의 심장을 지칭하는 것이 아닌 신의 축복 같은 마나의 결정체.

골드 드래곤 타르카니아라면 수정구 안에 그 힘을 순수하게 봉인할 수 있었을 것이다.

그리고 그 힘 덕분에 내가 8서클의 경지에 단숨에 이를 수 있었던 것이기도 하였다.

"흐흐흐……."

자신이 만들어낸 블레이드 소드를 단숨에 소멸시키자 벙찐 얼굴로 나를 보고 있는 알타카스.

놈을 향해 악당들이 특허받은 음흉한 웃음을 흘렸다.

힘을 가진 자만이 누릴 수 있는 강렬한 이 쾌감.

"어이, 똥파리, 재롱 더 부릴 것 없어?"

알타카스를 향해 조롱이 가득 담긴 언어를 날렸다.

"이… 이노오오오옴!!!!!!"

화가 머리끝까지 치솟은 알타카스.

놈의 의지를 머금은 마나가 마법으로 발현되며 천지사방을 에워쌌다.

'너도 한번 당해봐라.'

놈에게 당한 지독한 패배의 수모.

나의 사랑하는 수인족 기사들이 죽어가던 모습이 내 심장을 차갑게 만들었다.

쉽게 죽일 수 없었다.

죽어서도 다시는 나쁜 짓을 못하게 영혼에 공포를 각인시킬 참이었다.

나쁜 놈은 벼락 맞아 뒈지고, 똥물에 튀겨지며, 온몸의 근육이 절단나는 고통을 받게 될 것임을 똑똑히 알려줄 것이었다.

쇄애애애애애애액!

퍼버버버버벅!

케르르르르르르르.

생명없는 데스 와이번도 고통을 느끼는지 목을 꿰뚫고 튀어나온 블레스트 스피어에 비명을 지르며 추락하였다.

'지독한 놈들…….'

서서히 정리되어 가는 난전.

선두에 서서 치열하게 전투를 벌이던 아이린 후작은 한숨을 돌리며 사방을 둘러보았다.

'휴우…….'

참으로 다행이었다.

창공에 남아 있는 데스 와이번의 숫자는 이제 300마리 정도.

그것도 대부분 몸에 스피어 몇 방씩을 훈장처럼 달고 힘겹게 비행을 하고 있었다.

그런 데스 와이번의 등 위에서 아직도 발악하고 있는 데스 스카이나이트들.

영혼이 없기에 뜨겁게 달아오른 심장도 없기에 동작이 굼뜬 데스 스카이나이트들.

살아생전에는 어떠했을지 몰라도, 성기사들과 엘프들이 소환한 정령들에 의하여 완벽한 전투력을 발휘할 수 없었다.

그리고 그 결과 이제는 진짜 죽음을 맞이할 운명에 처했다.

파스스스스스스스!

숨을 돌리고 있는 아이린의 눈동자는 한 사람을 찾았다.

'카, 카이어!'

치열한 전투 때문에 하늘 모든 공간이 전투 영역이었지만 오직 한곳만은 그 누구도 감히 다가가지 못했다.

죽음이 두렵지 않은 데스 와이번도 피해가는 그곳.

두 남자가 서 있었다.

대륙에 죽음의 전차를 끌고 나타난 암흑제국의 주인 알타카스.

그리고 그에 맞선 대륙의 영웅 카이어.

두 사람이 벌이는 차원을 달리하는 결투에 아이린은 마음속으로나마 응원을 보냈다.

승리의 여신 오르미온님이 그녀가 사랑하는 남자를 위하여 활짝 미소 지어주기를 말이다.

'카이어님…….'

쉬이이익!

피비비비비비빙.

기계적으로 데스 와이번을 향해 마나가 담긴 화살을 날리던 나르미아스.

공격하는 와중에도 사랑하는 연인의 안위가 궁금하여 고개를 돌렸다.

엘프인 자신들조차도 개입할 수 없는 팽팽한 결투를 벌이는 카이어.

나르미아스는 투구 안에서 입술을 깨물며 사랑하는 이를 위하여 활시위를 당겼다.

지금 그녀가 해줄 수 있는 유일한 응원이었기에…….

콰아아아아아앙!

'음하하하하하하!'

눈앞에서 터져 나가는 생생한 8서클 마법.

세상 그 어떤 것이라도 녹인다는 초고온 고열, 고염의 화염구 마법이 생성 폭발하는 장면은 3D 화면은 쨈도 안 될 엄청난 광경이었다.

수천만, 아니, 수억 개의 마나 입자가 푸르다 못해 하얗게 작렬하는 백염의 화염구가 되어 순수한 마나 실드에 부딪쳐 폭발하는 장면.

대응 마법을 펼치지도 않고 실드를 믿었지만 움찔 놀라며 눈을 감을 뻔했다.

"이, 이럴 수가……."

온 힘을 다한 8서클 마법이 산산조각나며 사라지자 허탈한 음성을 흘리는 알타카스.

방금 전까지 가을철 독 오른 독사처럼 빨간 눈동자를 빛내던 놈의 모습은 어디로 가고 멍 때리는 바보만 내 앞에 서 있었다.

"야, 더 재롱 부릴 것 없어?"

힘을 믿고 사는 놈들에게 힘으로 누르는 것 이상의 잔인함은 없는 법.

입꼬리를 살짝 치켜올리며 알타카스를 약 올렸다.

"그럼 나도 공평하게 한 방 먹인다."

움찔.

한 방 먹인다는 말에 살짝 몸을 떠는 알타카스.

"블레이즈 스톰!"

8서클 화염계 마법 중 하나인 블레이즈 스톰.

절망의 지팡이 덕분에 8서클 마법조차 영창만으로 생성할 수 있는 나.

파앗!

주문이 외워지자 짧게 반응하는 절망의 지팡이와 대지의 마나.

"헉! 앱솔루트 실드! 다크 실드!"

갑작스러운 마법 공격에 놀란 나머지 자신이 알고 있는 중첩 실드 마법을 펼치는 알타카스.

화르르르르르르르르르르르르르!

놈의 실드 마법이 펼쳐지는 순간 기다렸다는 듯이 놈이 서 있는 허공중에서 타오르는 붉고 파란 마법 불꽃.

쉬리리리리리리리리리리리리리리리.

춤을 추는 불꽃의 폭풍.

놈의 실드를 녹여 버릴 듯 엄청난 열기를 내뿜는 마법의 불꽃은 순식간에 주변 공간을 환한 대낮으로 만들 정도였다.

'오징어 한 마리 구워 먹으면 딱이겠네.'

강렬한 불꽃의 폭풍에 놈의 모습이 보이지 않았다.

대신 떠오르는 것은 불에 구워 먹을 수 있는 오징어, 쥐포,

삼초 삼겹살 등등.

느긋하게 놈의 실드 주변을 에워싼 마법의 불길을 바라보며 여유(?)를 즐겼다.

"크윽……."

그리고 잠시 후, 긴 신음과 함께 사라지는 마법 불꽃.

'제법이네.'

그래도 명색이 8서클 마검사답게 버텨낸 알타카스.

실드에 의하여 화상을 입지는 않았지만 놈의 온몸에서 모락모락 연기가 피어올라 왔다.

"죽, 죽일 놈……."

아직 독기가 남아 있는 알타카스.

이를 악물며 악에 받친 눈동자로 나를 보았다.

"뜨거웠지? 내가 미안한 의미로다가 시원하게 만들어줄게. 크리스탈 스톰!"

"……!!!"

연속된 8서클 빙계 마법.

마나의 제약도 없이 펼치는 내 모습에 놀란 알타카스.

"시, 실드!"

놀라 다시 실드 마법을 펼치는 알타카스.

얼마나 당황했는지 그 싸가지없는 얼굴에 떠오르는 지독한 당혹감.

‘자식, 귀엽기는.’

당하는 알타카스의 심정을 생각하자 흐뭇해져만 가는 내 마음.

이러다 남의 아픔을 먹고산다는 변태가 되는 것은 아닌가 하는 걱정이 들 정도였다.

ㅊㅊㅊㅊㅊㅊㅊㅊㅊㅊㅊㅊㅊ.

절대 빙점이라 불리는 -273.2도는 아닐지라도 그 정도에 버금가는 얼음 폭풍.

터더더더더더더더더더덕.

놈이 본신의 마나 힘으로 펼친 마나 실드에 달라붙은 빙기가 실드를 얼려 나갔다.

‘오오오!’

아름다웠다.

순식간에 대기의 마나를 빨아들여 만들어지는 얼음 조각.

단단하게 생성된 둥근 실드에서 피어나는 얼음 조직들은 보는 나를 감탄으로 이끌었다.

‘마법, 참 좋단 말이야. 크크크.’

인간의 힘으로 만들어내는 수많은 창조적 현상들.

볶고, 지지고, 얼리고, 녹이고.

당하는 알타카스의 심정은 지금 피눈물을 흘릴 것이지만 놈에게 눈곱만치의 자비심도 없는 나는 이 순간을 즐겼다.

휘리리리리링.

그리고 잠시 빙점의 폭풍이 사라졌다.

능히 대범위 마법으로 펼쳐졌다면 방원 300미터 정도는 모두 얼려 버렸을 무식한 마나.

오로지 놈을 위하여 집중된 마나는 놈이 떠 있는 허공에 몰려 있었다.

차자자자자자자자자장.

"커어억!"

박살나 산산이 부서지는 얼음의 파편들.

놈의 마나로 만들어진 실드와 함께 허공중에서 비산하였다.

'이제 정신 좀 들겠군.'

핏기가 하나도 없는 알타카스.

놈의 영혼은 어떠할지 몰라도 소유하고 있는 황제의 몸뚱이는 아직 인간의 범주.

타격을 제대로 입은 것 같았다.

하지만 이 정도로 끝낼 내가 아니었다.

"오? 대단한데~"

한껏 알타카스를 칭찬하는 제스처를 취했다.

"지, 지독한 놈……."

놈의 입에서 내가 지독하다는 말이 나왔다.

알타카스도 깨닫고 있을 것이다.

지금 내가 자신이 상대할 수 없는 경지에 올랐다는 것을 말이다.

"뭘 이 정도를 가지고. 자, 그럼 다음 코스로 넘어가자고."

내 말에 눈을 번쩍 뜨는 놈.

"난 마법들 중에서 전격 마법이 제일 멋지더라고. 넌 안 그래?"

친절한 미소와 함께 의견을 묻는 나.

턱을 떡하니 벌리는 알타카스.

"자, 갑니다요. 메가 라이데인!"

"시, 실드!!!!!!"

8서클 마스터만이 펼칠 수 있는 메가 라이데인 마법에 악을 쓰며 실드를 펼치는 알타카스.

팟!

주먹만 한 작은 덩어리로 시작한 마법의 씨앗.

촤아아아아아악.

순식간에 주변 마나들을 확 끄집어들였다.

콰지지지지지지지지지지지지지직!

그리고 이내 핵폭발을 일으키듯 발생하는 수백만 볼트는 될 것 같은 전격의 폭풍.

콰드드드득, 콰드드드드득, 콰드드드드드드드득!

그대로 알타카스가 만든 실드를 향해 맹렬하게 박치기를 시도했다.

"후후후……."

입가에 번지는 차가운 미소.

"크아아아아아악……!"

실드 안에서 들려오는 처절한 비명.

마법에서도 통하는 최선의 방어는 공격이라는 말.

집중된 마법 공격을 실드 마법 하나로 버틴다는 것은 불가능한 법.

이미 마법 공격을 퍼붓고 두 차례나 실드 마법을 펼치며 8서클 마법을 견뎠다는 것 자체만으로 알타카스는 대단한 놈이었다.

하지만 딱 거기까지.

쉬이이이익.

지금까지 마나의 힘으로 허공중에서 버티던 놈이 지상으로 추락하였다.

쿠우우웅.

치지지지지지지직.

약 50미터 높이에서 지상으로 떨어진 알타카스.

그런 놈을 따라가며 뿌려지는 전격의 폭풍.

신음 소리도 흘러나오지 않았다.

제아무리 8서클 할아비라도 이 정도면 요단 강을 건너야 정상이었다.

'전투가 끝나가는군.'

난전이 벌어졌기에 걱정을 했건만 성기사들의 등장과 엘프들의 도움으로 창공은 어느새 데스 와이번의 모습을 볼 수 없었다.

더욱이 저 멀리 모습을 드러내는 테미르 족 와이번들.

쉬지 않고 날아온 듯 생각보다 빠르게 전장에 등장하고 있었다.

콰과과과과과과광!

콰드드드드드드드드드드드.

"마법사들은 쉬지 말고 마법을 발사하라!"

"와아아아아! 힘을 내라! 이제 승리가 얼마 남지 않았다!"

요새를 공격하던 수십만 단위의 몬스터들과 암흑 병사들의 모습 또한 급격히 줄어들어 있었다.

천 단위가 넘는 마법사들의 집중 공격과 성수로 적셔진 화살을 맞고 버텨낼 놈들은 그리 많지 않을 것이다.

'저놈들만 정리하면 끝이겠군.'

이 와중에도 살아남은 놈들.

음침한 기운을 흘리는 흑마법사들과 악신 케르마의 사제들.

다 합쳐 1천 명 정도 살아남아 뭉치고 있었다.

'확실히 확인 사살할 필요가 있겠지.'

지독히도 목숨줄이 긴 알타카스.

지상에 추락한 충격과 그 이후에 강타한 전격 마법 덕분에 작은 구덩이에 파묻혀 모락모락 온몸으로 김을 뿜어내는 놈.

혹시 몰라 놈에게 시선을 돌렸다.

생각보다는 쉬운 전투.

무언가 알 수 없는 꺼림칙함이 느껴졌지만 승리는 기정사실이 되었다.

"흐흐흐… 흐흐흐흐흐흐……."

'……?'

알타카스를 바라보며 몸을 움직이려는 순간, 귓가에 울리는 나지막한 웃음소리.

'얼라리요?'

죽지는 않더라도 생사를 헤매야 정상인 알타카스.

새카맣게 그을린 강시가 된 몰골로 자리에서 일어나고 있었다.

그뿐만이 아니었다.

마나가 바닥을 기어야 하건만 온몸에서 정체 모를 마나를 뿜어내기 시작하는 알타카스.

내가 알지 못하는 비장의 한 수가 있는 것 같았다.

'그래, 그렇게 쉽게 죽으면 내가 섭하지.'

아직 받아야 할 빚이 많았다.

"…루스베르… 하타… 카르만……."

자리를 털고 일어나 뭐라고 중얼거리는 알타카스.

"오오오!"

"죽음으로 영광있으라!!!"

갑자기 대기하고 있던 흑마법사들의 얼굴에 경이로운 표정이 떠오르더니 들고 있던 무기로 심장을 찌르거나 마나 스태프로 자신들의 머리통을 사정없이 내려치는 자들.

파스스스스스스스.

마나를 극도로 끌어올린 상태에서 죽음에 이르자 주인 잃은 마나들이 대지에 흘러나왔다.

스스스스스스스스스스.

그리고 내가 입을 벌리고 놀라는 사이 알타카스 주변으로 모여드는 흑마법사들의 마나.

'이게 지금 무슨 쑈야?'

알고 있는 마법 지식으로 설명할 수 없는 괴이한 광경.

ㅊㅊㅊㅊㅊㅊㅊ.

"케, 케르마님의 사자가 오시는도다!"

"파멸자께서 강림하시는도다! 경배하라! 죽음의 사도들이여!"

말릴 사이도 없이 흑마법사들이 저승길로 향하는 사이 살아남은 악신 케르마의 신관들이 알타카스를 향해 경배의 표정을 지었다.

파아앗!

그런 그들의 몸에서 뿜어지는 어둠의 성령.

주문을 외우는 알타카스의 기운에 합쳐지며 회오리치기 시작했다.

'위, 위험하다……'

본능이 말해주는 경고.

정확히 알 수 없지만 알타카스 놈이 아주 안 좋은 짓을 벌이고 있음을 감지했다.

"제, 젠장. 저놈이 미쳤구나! 감히 그 미친 자식들을 소환하려 들다니!"

어느새 내 곁에 다가온 아이달 사부의 놀란 음성.

"스승님, 저게 지금 무슨 짓입니까?"

"에고고, 이미 늦었다. 놈이 이미 소환 의식을 통하여 결계를 쳤구나!"

내 말에 대꾸하지도 않고 한탄성을 터뜨리는 아이달.

위이잉, 위이잉, 위이잉.

사부의 말처럼 알타카스 주변에 만들어지는 뿌연 회색빛 방어막.

그러나 사부의 말을 믿을 수 없었다.

‘결계 따위가 무슨 소용이 있다고.’

놈이 무슨 짓을 하든지 지금의 내 힘이라면 세상에 파괴 못 할 것은 아무것도 없었다.

절망의 지팡이를 치켜들었다.

그리고 그대로 이제는 회색빛 보호막에 가려져 보이지 않는 알타카스를 향해 뜨거운 일갈을 뱉었다.

“헬 파이어!!!”

지옥의 불꽃을 소환하여 아무것도 남기지 않고 소멸시킨다는 대지와 화염계 결합 마법의 최고봉.

슈우우우우우욱.

의지를 담은 마나가 그대로 알타카스가 서 있는 대지를 향해 달려나갔다.

‘아무리 알타카스라 해도… 헉!’

절대 실패할 수 없는 나의 마법.

그러나 벌어진 믿을 수 없는 광경.

“사, 사라졌다……”

놀랍게도 내가 펼친 마법이 본격적으로 발현되기 전에 거짓말처럼 증발해 버렸다.

"소용없어… 놈들은 드래곤과 함께 마법의 조종으로 불리는 자들이다. 젠장, 내 생전에 놈들을 볼 수 있을 것이라고 상상도 못해봤건만."

허탈한 아이달 사부의 음성.

알타카스를 향해서도 당당하던 사부의 모습은 어디로 가고 불안한 모습을 감추지 못했다.

"도대체 무슨 말씀을 하시는 겁니까? 누가 나타나기에……."

"왔다!"

내 말이 끝나기도 전에 왔다는 비명 같은 놀람을 터뜨리는 아이달 사부.

콰스스스스스스스스스스스!

알타카스가 서 있던 장소에서 갑자기 강렬한 붉은 빛이 폭발하더니 하늘 끝까지 기둥을 이루며 치솟아올랐다.

눈을 크게 뜨고 나타난 물체를 보았다.

'뭐야?'

방금 전까지 알타카스가 서 있던 곳에 새로이 나타난 물체, 아니, 인간.

발밑에 새카맣게 탄 재를 밟고 나타난 이는 놀랍게도 칼리안 대륙에서 본 적 없는 깃이 엄청나게 솟아오른 붉은 망토를 걸친 자.

"마, 마족이… 본체로 강림하다니… 빌어먹을……."

입술을 덜덜 떨며 믿지 못할 말을 뱉어내는 사부.

'마, 마족!!!!!'

Chapter 211

필요한 것은 맞짱 정신

　심장이 덜컹 내려앉은 충격과 함께 입 밖으로 감히 나오지
못한 한마디.

　어찌 마족이 중간계에 본체로 강림할 수 있단 말인가.

　드래곤에 필적한 마법과 마나 능력을 소유한 마계의 주인
들.

　상급 마족은 에이션트 드래곤과 맞먹는다는 말은 신화 속
에서나 나오는 전설.

　전혀 예상치 못한 마족의 등장에 정신이 멍해졌다.

　'말도 안 돼. 마족이 어떻게……'

내가 알고 있는 마법 상식으로도 설명 불가능한 진실.

마계의 마물이나 흑마법사의 육신을 이용하여 대리 현신하는 것은 알고 있었다.

그러나 중간계에 본체 자체로 현신한다는 것은 그 어떤 말과 지식으로도 들어본 적이 없는 사실.

역사가 남아 있는 대륙의 기록 중에 마족의 본체 현신은 없었다.

"혁아, 모두 퇴각시켜라. 단 한 명이라도 더 살리고 싶다면."

단 한 번도 들어본 적이 없는 비장한 사부의 음성.

'모두를?'

아무리 마족이라 해도 상공에 배회 중인 스카이나이트들만 해도 수천 단위.

거기에 8서클 마법사인 사부와 내가 있는 상황에서 모두 퇴각은 오버가 아닌가 하는 생각이 들었다.

'진작 아구창을 날려 버렸어야 했는데.'

가슴속에 휘몰아치는 후회.

알타카스에게 지독한 고통을 주기 위해 최선을 다하지 못한 내 자신이 원망스러웠다.

명색이 수백 년을 살아온 8서클 흑마검사.

자신의 마지막 생명을 버려가며 저런 괴물을 소환할 줄 누가 알았겠는가.

"하아~ 이게 말로만 듣던 중간계의 마나 냄새군. 하아~
하아~"

키는 약 2미터가 넘는 껑충한 키를 자랑하는 마족.

큰 키와 어울리는 단단한 체격을 빼고는 전설로만 듣던 것
과 달리 인간과 별반 다를 게 없었다.

입고 있는 옷이 좀 특이하고 얼굴이 백지장처럼 새하얗다
는 것만 빼면 인간 그대로의 모습이었다.

'왜 저리 숨찬 개새끼마냥 헉헉대고 그래?

그러나 좋게 보일 리가 없었다.

딱 보아도 범상치 않은 마족으로 보이는 놈.

사부와 달리 두렵다기보다는 투쟁심이 끓어올랐다.

'가긴 어딜 가. 이곳은 내 땅인데.'

마족이 강림했다 하지만 단 한 발도 물러날 수 없었다.

전투는 어느새 종말을 고했다.

알타카스와 흑마법사들이 사라지자 정신을 차린 살아남은
몬스터들이 사방으로 도망갔고, 암흑제국의 병사들은 정신
조종자가 없자 그 자리에 쓰러져 천천히 백골이 되어갔다.

다만 남아 있는 존재는 지상에 강림한 마족.

사부와 나만이 정체를 알고 있을 뿐이었지만 심상치 않은
분위기에 누구 하나 승리의 함성을 지르지 못했다.

"당신은 누구쇼?"

눈을 감고 중간계의 공기를 들이켜는 마족에게 당당히 물었다.

"후후후⋯⋯."

대답 대신 조용히 울리는 마족의 웃음소리.

차갑지도 따뜻하지도, 그렇다고 비웃는 것도 아닌 아무 감정 없는 마족의 웃음소리는 황량한 사막 모래 냄새가 났다.

일체의 생명 품기를 거부한 삭막한 마족의 사막 모래 같은 웃음.

심장이 거칠게 뛰기 시작했다.

"인간, 네가 이곳에 있는 놈들 중에 가장 강한 놈인 것 같구나."

어떻게 된 일인지 중간계 언어를 잘도 구사하는 마족.

'녹색?'

나를 바라보는 놈의 눈동자는 일체의 잡티 하나 섞여 있지 않은 녹색의 그것.

눈 자체가 온통 녹색덩어리였다.

"나, 난 이곳의 영주 카이어라고 하오. 볼일이 없다면 신이 정하신 법칙을 어기지 말고 마계로 돌아가시오."

당당하려 했건만 바라보는 것만으로도 호흡이 막혀왔기에 목소리가 떨렸다.

‘젠장, 드래곤하고도 맞짱 뜬다는 말이 사실이었군.’

지금 대륙에 존재하는 드래곤 따위는 없었다.

무슨 까닭인지 싸그리 사라져 버린 드래곤.

난생처음 드래곤이 간절히 원해졌다.

“영주? 크크크. 반갑구나. 난 마계 제7군단장을 맡고 있는 하르케스야 포드라비타 오르게니아온 유비테우스 타로포니 아라 한다.”

생각보다 친절한(?) 마족.

인간들과 비교할 수 없는 길고 긴 이름을 잘도 읊어대었다.

‘썩을, 마계 제7군단장이 도대체 뭐 하는 놈이야?

어떤 위치인지 몰라도 상급 마족이 분명한 놈.

돌아갈 생각 따위는 품고 있지 않고 있음이 분명했다.

“생각지도 못했건만 잘도 나를 소환했군. 계약을 맺었지만 기대도 하지 않았건만. 후후후.”

바닥에 재로 화한 알타카스의 잔재를 바라보며 삭막한 웃음을 흘려주는 마족.

‘나쁜 새끼, 죽을라면 혼자 죽지.’

끝까지 욕을 얻어먹어야 속이 후련한 썩은 알타리무 같은 알타카스.

“주군, 저자가 누구입니까?”

투구의 통신구를 개방하지 않았기에 내 목소리를 듣지 못했을 샤일트 경이 마족의 정체를 물어왔다.

"모두 최대한 높이 비행하며 대기하도록. 일체의 공격은 불허하며, 내가 위험에 처하면… 전장을 이탈하도록 하라."

"주, 주군, 그게 무슨……."

통신구에 마나를 불어넣으며 기사들에게 명령을 내렸다.

"요새에 있는 통신병 또한 내 명령을 그대로 전하도록 하라."

"며, 명……."

이름이 길어 외울 수도 없는 마족의 기세를 보고 판단을 아니 내릴 수 없었다.

'강하다, 빌어먹게…….'

8서클 마나를 보유한 나조차 그 어떤 마나의 흔적도 놈에게서 찾을 수 없었다.

나보다 절대 강하지 않으면 불가능한 일.

'9서클이라니…….'

산 넘어 산이고, 엎어진 자리에 유리병이 깨져 있는 것과 같은 상황.

얼굴에 담담함을 애써 유지하고 있었지만 공포가 서서히 밀려들었다.

말이 좋아 9서클이지, 그 경지는 상상 속의 경지.

알타카스와 아이달 사부조차도 수백 년을 보냈건만 아직

꿈만 꾸고 있는 거대한 벽이었다.

"이런 횡재가 나에게 주어지다니. 마신께서 나를 특별히 어여삐 본 것이 분명해. 하하하."

놈이 호탕하게 웃었다.

그러나 활짝 웃은 웃음조차도 메마르고 삭막하기 그지없었다.

강한 자만이 살아남고, 약한 것들은 모두 벌레보다 못한 취급을 한다는 마족.

나를 비롯한 이곳에 모인 이들이 자신의 발가락에 낀 때만도 못할 것이라 느낄 것이다.

"안 돌아갈 작정이시오?"

마족을 향해 물었다.

"내가? 왜?"

서로 간의 거리는 약 50미터.

나를 향해 녹색 눈동자를 번뜩이며 왜냐고 묻는 마족.

언제나 중간계를 탐내지만 주신이 정한 법칙과 드래곤, 그리고 차원을 열고 소환할 능력자가 없기에 번번이 실패했던 마족의 지상 강림.

상급 마족이라 불리는 놈이 그냥 돌아갈 리가 없었다.

"이곳에 나의 집을 만들 것이다. 내 휘하 마계 7군단을 소환하여 중간계의 모든 것들을 복종시킬 것이다. 드래곤 하나 없는 중간계에서 나를 막을 자는 아무도 없다."

드래곤이 없다는 것을 알고 있는 마족.

아무렇지 않게 대륙 정복을 선언하였다.

'미치겠네. 이 개 또라이는 또 뭐냐.'

알타카스를 정리하고 이제 남은 것은 무한질주의 행복밖에 없건만, 아직 끝나지 않은 시련.

꿀꺽.

"마, 막아야 한다. 마계 군단이 놈에 의해서 소환된다면… 대륙은 멸망한다."

마른침을 삼키며 마족을 막아야 한다 말하는 사부.

'제길, 상급 마족이면 9서클 마법을 사용할 줄 아는데 어떻게 막아.'

"스승님, 협공합시다."

그러나 이대로 물러날 수 없는 법.

사부를 꼬드겼다.

"죽겠네. 이제는 도망가지도 못하고……."

'마, 마나 역장!'

사부와 한마디를 나누는 사이 연한 안개처럼 퍼져 나가는 마나 역장.

마나의 불완전으로 이동 마법은 펼칠 수 없게 되었다.

"후후후… 일단 쓰레기들부터 치워야겠군. 마족을 보고도 경배할 줄 모르는 잡것들은 살아 있을 필요가 없지.”

말을 하는 와중에도 나에게서 시선을 떼지 않는 마족.

한순간에 잡것이 되어버렸다.

파바바바바밧!

'헛!'

동시에 사방을 향해 흩뿌려지는 싸늘한 마나의 기운.

'사, 살기!'

놀랍게도 마나에 죽음의 기운을 담아내는 마족.

왜 드래곤도 골치 아파하는 전투 종족인지 알 수 있는 순간
이었다.

“혁아, 혹시라도 사부가 잘못한 거 있다면 다 잊자꾸나.”

죽음을 각오한 건달프 사부의 마지막 유언.

“스승님…….”

'이제 한 발자국만 더 가면 되는데… 크으.'

찢어지는 가슴의 고통.

무슨 비운의 드라마 결말도 아니고, 이런 말도 안 되는 사
태에 눈물이 흘러나오려 했다.

'한번 해보자. 나에게는 절망의 지팡이도 있지 않은가.'

손에 쥐고 있는 절망의 지팡이를 굳게 움켜쥐었다.

“지금이다! 프로미넌스!!!”

선빵을 날리는 사부.

"뒈져 버려!!!"

사부의 뒤를 이어 사용가능한 풀 마나를 끌어올려 마나 어택을 날렸다.

쏴아아아아아아아악.

쉬이이이이이이이익!

헬 파이어도 가볍게 막아내는 놈.

사부의 공격 뒤에 빈틈을 노려 모든 마나를 유형화시켜 놈에게 퍼부었다.

'죽어라! 제발 죽어!'

절망의 지팡이를 통하여 뿜어져 나가는 나의 마나.

파아아아아아앙!

'됐다!'

아무 대비 없이 사부의 8서클 마법에 격중당한 마족.

콰아아아아아아아아아앙!

그 뒤를 이어 습격한 나의 마나 어택.

7서클 준리치들을 공격할 때와는 달리 공간을 지우지 않고 모든 것을 갈기갈기 찢어버릴 난폭함을 품고 있었다.

'저, 정말 성공한 것인가?'

9서클 마법을 다룰 줄 아는 마족 놈이 이리 쉽게 당할 줄은 몰랐다.

"스승님……."

고개를 돌려 사부를 보았다.

"……!!!!!"

나와 같은 의문으로 마족을 바라보던 건달프 사부.

갑자기 엄청나게 경악한 표정을 지었다.

"피, 피해!"

고막에 울리는 난생처음 들어보는 사부의 찢겨지는 3옥타브 비명.

"실드!"

고개를 돌릴 사이도 없이 남아 있는 마나를 끄집어내어 실드 마법을 펼쳤다.

위이이이잉.

순식간에 반응하며 사부와 나의 몸을 방어하는 우윳빛 방어막.

파아아아아아아아앙!

실드에 부딪치는 엄청난 압력.

"컥……."

절망의 지팡이를 통하여 실드에 공급되는 마나가 끊길 정도의 충격.

"에어 실드!"

충격 흡수가 가장 뛰어난 에어 실드를 펼치는 사부의 다급한 마법 영창.

좌아악.

몸으로 흡수된 공격에 의하여 상처 입은 내장.

그리고 입을 타고 뿜어지는 피.

에어 플레이트 투구를 쓰고 있기에 밖으로 터져 나가지 않고 그대로 투구 안을 가득 채웠다.

콰지지지지지지지직.

정신을 차릴 수 없는 상황에서 들려오는 에어 실드가 찌그러지는 소음.

“커억……."

고통에 찬 사부의 신음.

위이이잉.

그리고 거짓말처럼 사라지는 압력.

“크으으윽.”

투구에 들어찬 피 때문에 고통의 와중에도 황급히 투구를 벗었다.

주루루루룩.

투구를 벗자 에어 플레이트에 흩뿌려지는 피.

휘청.

마나가 다하지 않았기에 바로 추락하지는 않았지만 지상으로 5미터 정도 미끄러져 내려갔다.

“피… 피다!”

첫 번째 충돌을 내가 막았기에 나보다 덜 다친 사부.

쌍코피를 흘리며 울상을 짓고 계셨다.

"하하, 하하하하하하. 제법이로구나."

어느새 나와 같은 높이의 허공에 치솟아 있는 마족.

즐거운 듯 웃고 있었다.

'가, 강하다.'

더 이상 표현할 방법이 없었다.

나와 사부가 펼친 일격에 털끝 하나 다치지 않은 이름도 길고 긴 마족 놈.

두툼한 붉은 망토를 걸치고 무신처럼 자리 잡고 있었다.

'웅!'

그때, 가까운 허공중에서 상황을 지켜보고 있던 일단의 스카이나이트들.

나를 공격한 마족을 향해 블레스트 스피어를 발사하고 있었다.

"안 돼!!!!!!!!!!!!!!!!!!!!!"

결코 인간이 만든 방법으로 상대할 수 없는 자.

그런 자를 향해 무모하게 스피어를 발사하는 수십 명의 스카이나이트들.

나도 모르게 안 돼라는 말이 튀어나왔다.

촤아악.

자신을 향해 날아오는 스피어를 향해 빙긋 미소를 지으며 오른손을 좌악 뻗는 마족.

피비비비비비빙.

순간 하늘을 밝히는 수십여 개의 붉은 번개.

난생처음 보는 마법.

티디디디디디디디딩.

스카이나이트들이 던진 스피어들이 투명한 마나막에 튕겨져 사방으로 불꽃을 만들며 날아갔다.

그리고…….

화르르르르르르르.

카아아아아아아아아악!

쿠에에에에에에에에에에에!

"아아아아아악!"

들려오는 비명들의 소용돌이.

"마, 말도 안 돼……."

정확히 자신을 향해 스피어를 던진 스물 몇 명의 스카이나이트와 그들이 타고 있는 와이번들.

불타고 있었다.

어떤 마법인지도 모르건만 상상을 불허하는 마법 공격으로 와이번과 스카이나이트들이 하늘에서 벌건 불꽃으로 변하며 지상으로 추락하였다.

모든 이들의 머릿속에 공포를 가득 심어주면서.

"크크크……."

자신이 만들어낸 참상이 마음에 드는 듯 이제야 감정이 담겨 있는 웃음을 흘리는 자.

파괴와 살육의 대명사 마족.

으드득.

이가 갈렸다.

당장에라도 달려가 놈의 목을 물어뜯고 싶은 분노가 가슴에서 치밀어 올랐다.

하지만 아무것도 할 수 없었다.

얼마 전 알타카스를 만났을 때보다 더 심한 레벨의 차이.

'9서클… 놈을 죽이려면 9서클 마법이 필요하다.'

8서클도 넘은 지 불과 얼마 안 되었건만 9서클을 어찌 넘을 수 있단 말인가.

아무리 드래곤 타르카니아가 마음만 먹으면 서클의 경지에 이를 수 있다 말했지만, 그건 9서클을 완성한 자의 여유.

"슬슬 시작해 볼까."

순식간에 사방을 공포로 몰아넣은 마족.

상공에 수천 명의 스카이나이트가 존재하고 요새에 수만 명의 병사가 있건만 태연하게 시작이라는 말을 꺼내었다.

파스스스스스스스스.

무엇을 어떻게 한 것인가.

놈이 떠 있는 상공 바로 밑 지상에 뭉쳐지는 대기의 마나.

'소환 마법……'

모인다 싶더니 꿈틀거리며 소용돌이치기 시작하였다.

진짜 마계의 병사들을 소환하려는 모습.

알타카스가 만들어낸 허접한 데스나이트가 아닌 진정한 마계의 살인 기사들이 소환되려는 광경.

미칠 것 같았다.

아무것도 할 수 없는 초라한 내 모습.

인간들이 꿈꾸던 8서클 대마법사의 경지에 올랐건만 9서클을 사용하는 마족 앞에서는 태양 앞의 반딧불 신세.

이를 악물었다.

'이대로 멍청하게 당할 수는 없다!'

어떻게 얻은 대륙의 평화이던가.

'내 모든 것을 걸어서라도 너를… 죽일 것이다.'

불가능하지만 도전해야 하는 절박한 현실.

'마나를 격발시키면 다시는 마나홀을 만들 수 없을 것이다. 하지만… 그래도 좋다.'

고개를 들어 상공 위에서 빙빙 돌고 있는 수천의 와이번들을 보았다.

마음 같아서는 죽음을 무릅쓰고라도 나를 돕고자 하는 이들.

네루만의 기사들도 있었고, 바즈란의 인연자들도 있었으며, 대륙을 위해 나선 용감한 이들도 있었다.

그리고 요새 안에는 네루만을 위하여 피땀을 흘린 진정한 네루만의 주인들이 숨을 죽이고 있었다.

'그런 이들을 위하여 영주인 내가 할 수 있는 모든 것을 해 봐야 했다.

'개새끼, 오늘 송장 치러주마.'

마계의 차원이 열리려는 듯 엄청난 대기의 마나가 소모되어 갔다.

주변 공간을 마나가 없는 진공간으로 만들 정도의 마나 소모.

"흡!"

입술을 깨물었다.

"혀, 혁아!"

그 순간 심상치 않음을 느꼈는지 나를 부르는 사부.

우두두두두두둑.

마법사들이 죽음을 각오하고 사용하는 마나 격발.

마나홀의 마나뿐만 아니라 몸을 구성하는 모든 곳에 자리 잡은 일말의 마나조차도 끄집어내어 활성화시키는 마지막 발악 수법.

“컥……..”

마족 놈의 공격으로 격탕되었던 내부가 마나가 격발되자 극심한 고통을 유발시켰다.

그러나 멈추지 않았다.

상단전과 중단전, 그리고 하단전의 모든 마나를 개방시키며 온몸에 있는 마나를 모두 깨웠다.

우르르르르르르릉.

순식간에 평소의 두 배 정도로 마나가 부풀어 올랐다.

아무리 내가 다른 8서클 마법사보다 훨씬 큰 마나홀을 소유하고, 마나 격발로 평소의 두 배의 마나를 끄집어낼 수 있다지만, 9서클을 이 정도로 막아낼 수 있으리라 생각하지 않았다.

하지만 멍청하게 앉아서 당하는 꼴은 죽어도 못 보는 성격.

온몸에 들어찬 마나를 느끼며 놈을 노려보았다.

‘잘해야 5분. 그 안에 놈에게 타격을 입혀야 한다.’

제아무리 마족이라 해도 타격을 입는다면 이곳에 모인 이들이 어찌할 수도 있을 것.

“스승님, 부탁합니다.”

그중에서 가장 큰 전력이 될 건달프 사부.

“미… 미안하다.”

자신도 감히 하지 못하는 목숨을 건 행위에 미안하다 말을
꺼내는 아이달 사부.

미안할 것 없었다.

사부 덕분에 대한민국 고삐리가 절대 맛볼 수 없는 자유를
맛보았던 칼리얀 대륙에서의 몇 년.

사나이 목숨과 바꿀 만하였다.

'다들… 미안하네.'

다만 걸리는 것이 있다면 부모님과 나의 사랑하는 여인들
에게 간다는 말도 못하고 떠나야 하는 처지가 서러웠다.

팟!

마나가 격발되자 수상함을 느끼고 마족이 나에게로 고개
를 돌렸다.

"호오……."

감탄성을 터뜨리는 놈.

누구는 목숨을 걸고 벌이는 도박이건만, 놈에게는 그저 잠
깐 호기심을 보일 정도.

"인간 주제에 한계를 넘으려 하다니. 크크크, 재미있는 물
건이구나."

잡것에 이은 물건이라는 이연타 공격.

카이어라는 이름 하나면 대륙 어느 곳에서도 먹어주건만,
마계에서는 아직 듣보잡이 분명했다.

'내 기필코 살아서 9서클을 이루리라. 그리고 마계에 들러 단단히 털어버릴 것이야!'

목숨이 간당간당해도 결코 굽히지 않는 불굴의 꼬장(?) 정신.

"야, 임마. 너 이제 행복 끝 불행 시작이야."

어차피 마계로 전혀 떠날 마음이 없는 놈.

죽을 때 죽더라도 기세만큼은 꺾이고 싶지 않았다.

'놈은 아직 모르고 있다.'

머릿속에 생생히 살아 있는 꼬맹이 로코로이아의 9서클 마법 사용.

드래곤의 후손인 드래고니아가 아니었지만 지금 내가 믿을 것은 절망의 지팡이를 활용한 비장의 공격.

조심스럽게 절망의 지팡이를 들었다.

"드래곤하트 냄새가 어디서 난다 했더니 거기에 들어 있었군."

'헐……'

하지만 놈은 바보가 아니었다.

드래곤과도 맞짱을 뜰 수 있는 상급 마족 놈이 알아챈 상황.

더욱더 불리해졌다.

"덤벼봐라. 보아하니 마나를 격발시킨 것 같은데 시간이 많지 않겠구나.”

고양이 쥐 생각하는 마족 놈.

투시 카메라를 사용하는지 내 모든 것들을 꿰뚫고 있었다.

“이거나 처먹어, 새꺄!”

어차피 더 이상 보여줄 패도 없었다.

들고 있던 피에 전 투구를 놈에게 집어 던졌다.

쇄애애애액.

마나가 가득 담겨 있는 투구가 놈에게 날아갔다.

‘신이시여, 오늘 한 번만 도와주십쇼! 앞으로도 절대 충성하겠습다!’

투구를 던지고 하늘을 잠깐 보았다.

채 5분도 안 되는 발악 시간.

신이 정말 나를 조금이라도 생각한다면 기적을 보여줘야 할 것이다.

마족을 상대하려면 최소 바다를 가를 정도의 파워를 나타내 줘야 하겠지만, 지금 처한 상태는 그 정도로도 부족하기만 했다.

‘에이, 제기랄!’

신께 기도도 잠시.

신이 무슨 만능 마법 지팡이도 아니고 매일 내 편만 들어줄 수 있겠는가.

지금 필요한 것은 맞짱 정신.

마법으로는 전혀 답이 없기에 몸을 날렸다.

검 대신 절망의 지팡이를 꽉 움켜쥐고서.

Chapter 212

마족 슬레이어

"마, 마족이래!"

"허억……!"

"모두 당황하지 말고 퇴각하라. 이는 영주님의 절대 명령이시다."

방금 전까지 수십만 몬스터와 암흑제국 병사들과 일전을 벌였던 네루만 국영 요새의 병사들.

조심스럽게 전해지는 퇴각 명령에 모두들 새파랗게 질려버렸다.

어릴 적 할머니, 할아버지를 통해서나 듣던 옛이야기의 주인공.

드래곤과 함께 항상 등장하던 영웅들의 밥이었던 마족.

하지만 그건 어디까지나 어릴 때였고, 성인이 된 병사들은 마족이라는 이름만으로 정신을 놓는 이들이 발생했다.

마족.

그것도 암흑제국을 멋지게 처리한 무적의 영주가 무참히 당할 정도의 강대한 힘을 소유한 놈.

성벽 위에서 아직 불을 밝히고 있는 라이트 마법을 통하여 희미하게나마 모든 것을 보고 있던 병사들이 퇴각 명령에 갈등에 빠져들어 갔다.

"우, 우리는 가지 않을 것이오!"

"맞습니다. 영주님께서 계시는 이곳이 우리가 있어야 할 곳입니다!"

"모두 자리를 사수하시오. 영주님이 마족을 물리치실 것이 분명합니다! 언제나 그렇듯이 영주님은 우리를 지켜줄 것입니다!"

"절대 퇴각이란 있을 수 없소! 이곳에서 도망치면 네루만은 누가 지킨단 말이오!"

"맞소이다! 절대 자리를 사수합시다!"

영주에게서 퇴각 명령이 떨어졌건만 성벽에서 물러서지 않는 네루만의 병사들.

마족임을 알아챈 대륙 마법사들이 오줌 마려운 강아지처럼 그런 병사들의 눈치를 살폈다.

병사들뿐만 아니라 기사들까지 퇴각 명령을 무시하였다.

그런 장렬한 분위기 속에서 등을 돌렸다가는 칼침 맞을 것이 뻔하였기에, 의리없는 마법사들이 자리를 뜨지 못했다.

그리고 병사들은 결투가 벌어지고 있는 공간을 바라보았다.

거리로는 약 2킬로 정도.

마나를 사용하지 못하고, 성벽에 설치한 라이트 마법진의 빛이 겨우 비추는 곳.

병사들이 살피기에는 제법 먼 거리였지만, 그 누구 하나 눈을 떼지 않았다.

결투가 벌어지며 번쩍번쩍 마나의 광휘에 눈이 멀 정도였건만 이 순간이 자신들의 앞으로 살아갈 세상을 결정짓는 한 판 승부라는 것을 모두 다 알고 있었다.

그러나 병사들이 모르는 한 가지가 있었다.

요새와 연결된 마법진을 이용하여 일단의 신관들이 망루에 모습을 드러내고 있다는 것을, 그리고 네루만의 성녀 아르미스가 신관들 앞에 서 있다는 것을 말이다.

파아아아앙!

파가가가가가가강!

"커억……."

놈은 마법사 따위가 아니었다.

타고난 전투 종족이라 불리는 쌈닭 출신 마족.

상급 마족이라는 놈은 해병대 지옥 코스를 졸업한 놈처럼 육박전에도 극한의 능력을 보였다.

촤아아아악.

입에서 또 뿌려지는 피분수.

내 몸 안에 얼마나 많은 피가 존재하는지는 몰라도 내장이나 기타 등등의 장기가 중대한 손상을 입었음을 피를 보며 짐작할 수 있었다.

'잔인한 놈.'

마법 대결을 피해 놈과 검으로 결투를 벌였다.

무슨 까닭인지 순수하게 결투를 받아준 마족 놈.

내심 한가닥 희망을 가졌지만, 아공간에서 소환한 놈의 대따 무식한 검 한 자루와 부딪친 후 나는 깨달았다.

오늘 무덤 자리 제대로 파고 있다는 것을 말이다.

거기에다 잔인하기까지 했다.

내가 봐도 서너 번, 내 목숨을 아작 낼 수 있는 순간이 있었건만 나를 희롱하는 놈.

지금도 손에서 절망의 지팡이를 놓을 정도로 타격을 입었다.

아무 대책 없이 튕겨져 나가고 있는 이때.

놈이 가벼운 마법 한 방이라도 펼치거나, 뒤따라와 검으로 후려치면 그대로 두 쪽이 날 판이었다.

'씨이… 맞다 보니까 아프지도 않네.'

고통이 극한에 이르면 고통을 못 느낀다는 말을 몸소 깨닫고 있었다.

손에 들린 절망의 지팡이를 간신히 들고 있을 정도의 감각만 존재했다.

오기와 깡으로도 안 되는 실력 차이.

매일 놀기만 하던 꼴찌가 명문대에 원서를 넣고 합격하기를 바라는 어리석음과 다를 바가 없었다.

'그놈 참 색깔 좋네.'

어느새 깊숙하게 어둠을 베어 문 천지사방.

붕 떠서 날아가며 하늘을 바라보는 기분은 제법 신선하였다.

죽음을 각오하였기에 여유를 얻을 수 있는 이율배반적인 시간.

더 이상 베베토를 타고 저 별들의 바다를 비행하지 못하는 것이 아쉬웠지만, 어쩔 수 없었다.

나도 나약한 육신을 소유한 인간일 뿐이었다.

저 사기 캐릭 같은 마족 놈에게는 말이다.

파아아아아앗!

마나를 격발시켰건만 무의미하게 보냈던 5분.

마나가 떨어지는 듯 몸이 천천히 지상으로 떨어져 내렸다.

그런 내 눈에 보이는 성스러운 빛.

'지, 진짜 가는구나.'

사람이 죽으면 열린다는 저승문.

그리 착한 일도 많이 하지 않았건만 신은 나를 위하여 천국의 문을 여는 듯 성스러운 파란 광채가 하늘을 비추고 있었다.

'응?

그뿐만이 아니었다.

바람 빠지는 풍선처럼 마나가 서서히 소모되어 지상으로 추락하던 몸.

무언가 나를 받쳐 주는 듯 허공중에서 몸이 멈추었다.

'이게 뭔 일이야?

마법은 아니었다.

사부도 지금 나를 도와주기에는 벅찬 상황.

거기에 마나와 다른 이질적인 기운.

급히 고개를 돌렸다.

"헛!"

사방을 살피던 중 보이는 한 장면.

'성령의 오라?

2킬로 정도 떨어진 요새 망루에서 성스러운 파란 빛이 내 주변을 비추고 있었다.

"크어어억!"

귓가에 들려오는 마족 놈의 비명.

'얼라리요?

마나를 격발한 나조차도 동네 똥개 취급하던 놈이 두 손으로 얼굴을 가리며 괴로워하고 있었다.

그런 마족 놈의 전신에는 새파란 성령의 빛이 내리쬐고 있었다.

위이이이잉, 위이이이잉.

그뿐만 아니었다.

갑자기 허전했던 마나홀에 서서히 들어차는 마나의 기운.

내 몸 같지 않던 감각도 마나가 돌아오자 같이 회복되었다.

꿀꺽.

나도 모르게 침이 넘어갔다.

그리고 그 순간 생각나는 한 사람.

"아, 아르미스!"

그러했다.

이 말도 안 되는 신의 능력을 사용하는 이는 성녀라 불리는 아르미스, 그녀 말고는 불가능한 기적.

"와아아아아아아아아아아아아아!"

요새 성벽에 들려오는 병사들의 우렁찬 함성.

"아르미스 성녀님이시다!"

"신의 가피가 임하셨다!"

내 궁금증을 확 날려주는 병사들의 외침.

"이, 이런 말도 안 되는……."

기쁨에 떠는 나와 병사들과 달리 긴장을 머금은 마족 놈의 외침.

붉은 망토로 성령의 빛으로부터 얼굴을 보호하며 놈은 당황해하고 있었다.

치지지지지지지지직.

그런 놈의 발밑의 지상에서는 차원의 문을 열고 무언가 모습을 보이고 있었다.

'마, 마계 병사들!'

마족 놈에게는 못 미치겠지만 나타나는 순간 지상의 재앙과 다름없을 마계의 조직폭력배들.

정신이 번쩍 들었다.

'마, 마나가 다 회복되었다.'

체내에 깃든 생명력이 담긴 마나까지 다 짜낸 마나 격발.

펼치고 나면 최소 중상 내지 사망이 분명한 무리수였건만, 어느새 몸이 회복되어 있었다.

인간이 가진 마법이나 지식으로는 설명할 수 없는 신들의 힘.

윙! 윙! 윙!

놀랍게도 마나홀이 확장되어 있었다.

내가 마나를 격발시키며 늘려놨던 마나홀만큼 마나가 들어차 있었다.

전화위복.

온몸에 기쁨이 짜르르 흘러넘쳤다.

'기회다!'

그런 내 눈에 보이는 장면.

마족 놈이 눈을 못 뜨고 있었다.

아니, 치이이익거리며 놈이 쳐놓은 실드가 녹아내리며 놈의 몸이 무방비 상태로 드러났다.

방금 전까지 마법을 튕겨내고 내 공격을 가로막던 놈의 무식한 오토 실드.

"조, 조금만 더……."

마족 놈이 망토로 얼굴을 가리며 차원의 문을 열고 고개를 내밀고 있는 마계 조폭 놈들을 보고 있었다.

놈과는 달리 힘겹게 공간의 문을 열고 모습을 드러내는 놈들.

거대한 덩치를 자랑하는 갑옷 입은 소부터 시작해서, 꼬리가 몇 개나 달린 검은 대가리의 사자 같은 놈, 온몸이 근육질인 눈 세 개짜리 새하얀 왕대가리 놈들까지.

하나둘 강림하고 있었다.

'이 새끼가 어디다 폐기물들을 쏟아내고 지랄이야!'

다시없을 하늘이 주신 기회.

속으로 욕을 퍼부으며 몸을 바람처럼 날렸다.

오토 실드가 깨진 상태에다가, 성령의 빛으로 인하여 눈도 제대로 못 뜨고 육체적 기능이 현저하게 떨어진 마족 놈.

최대한 숨을 죽이고 놈의 눈이 미치지 않는 측면으로 날아갔다.

그런 나를 알아채지 못하는 마족.

손에 들고 있는 절망의 지팡이를 야구방망이처럼 쥐었다.

"헛!"

그 순간 나의 살기를 감지하고 헛소리를 뱉으며 망토를 젖히며 고개를 드는 놈.

"꺼져! 씹새야!"

두 주먹 플러스 마나 가득을 담은 절망의 지팡이.

대형 홈런을 치는 이승엽 선수처럼 힘껏 어린아이 머리통만 한 수정구가 박혀 있는 지팡이를 휘둘렀다.

"……!"

갑작스러운 공격에 말도 못하고 성령의 오라에 눈을 멍하니 뜨고 있는 마족 놈.

퍽!

그런 마족 놈의 머리통에 제대로 가격된 드래곤하트를 머금은 수정구.

파사사사사삭.

쾅 소리나 철벽을 울리는 굉음 대신에 들고 가던 수박이 길바닥에 떨어져 박살나는 파육음이 귓가에 살포시 들렸다.

후두두두두둑.

그리고 사방으로 비산하는 정체 모르는 하얀 덩어리와 붉은 피.

놀랍게도 마족 놈들도 인간과 다를 바 없는 붉은 피를 소유하고 있었다.

쿠에에에에!

캬르르르르르르!

갑작스럽게 자신들을 소환했던 마족 놈의 머리통이 사라지자 울부짖는 마계 조폭 놈들.

어느새 숫자가 100마리에 이르러 있었다.

'주, 죽은 거야?

마음 제대로 먹고 공격을 했지만 이렇게 쉽게 마족을 죽일 줄은 몰랐다.

생각했던 것보다 강력했던 성력의 힘.

놈에게서 잠시간의 틈을 만들어냈고, 그 틈이 예상치 못한 승리를 안겨주는 현장.

'마족 슬레이어!'

대륙에 지금껏 단 한 번도 등장하지 않았을 위대한 영웅의 업적.

전설로만 내려오던 99%짜리 구라로 이루어진 드래곤 슬레이어와 비교할 수 없는 현존하는 마족 슬레이어.

정신이 하나도 없었다.

드래곤도 상대하기 어렵다는 상급 마족.

그것도 마계 7군단장을 자칭하는 놈을 사냥한 나.

피잉!

그때, 대갈통을 나에게 헌납했건만 지상으로 떨어지지 않는 마족 놈의 육체.

그런 놈의 몸에서 주먹만 한 검은 구슬 같은 것이 튀어 올라왔다.

쉬이이익.

구슬이 튀어나오자 기다렸다는 듯이 자신의 부하 놈들이 튀어나온 지상으로 떨어지는 놈의 육신.

스스스스스스스스.

내 앞에서 빛을 뿜으며 천천히 분해돼 가는 놈의 배설물.

'이, 이건 뭐야?'

정신없는 와중에 보게 된 황당한 장면.

'가만, 드래곤이 죽고 나면 나중에 남게 되는 드래곤하트도 저렇게 마나의 품으로 돌아가잖아.'

갑자기 머릿속을 강타하는 지식 하나.

"혀, 혁아! 가, 가만히 있어!"

등 뒤에서 들려오는 건달프 사부의 살 떨리는 목소리.

무언가 목적이 있을 때 튀어나오는 간절한 염원을 담고 있는 느낌.

'에라, 모르겠다.'

마족 놈의 마나 하트일 수도 있는 물체.

사부에게 뺏길 수 없었다.

어쩌면 인간에게는 죽었다 깨도 불가능한 9서클 경지에 이를 수 있는 신이 주신 선물일 수도 있는 법.

눈 질끈 감았다.

그리고 대기에 녹아내리고 있는 검은 구슬을 힘차게 베어 물었다.

사라락.

단단할 것 같았건만 입에 물자 그대로 녹아내리는 검은 구슬.

꾸울꺽.

끈적끈적한 꿀을 넘기듯 목을 타고 넘어가 버렸다.

"으아아아아아아! 안 돼!"

바로 옆에서 들리는 사부의 비명.

"왜 그러십니까… 허억!"

아무렇지 않은 듯 사부를 보는 순간, 갑자기 아랫배에서 치솟아올라 오는 엄청난 열기.

용암을 삼킨 듯한 괴로움이 순간 정신을 수백 번 내려쳤다.

"크아아아아아아아아아아아악!"

터져 나오는 비명.

"초, 총공격하라!"

"마계의 마물들을 모두 물리쳐라!"

내가 고통의 비명을 지르자 무슨 일이 발생한 줄 알고 하늘에 떠 있던 스카이나이트들이 일제히 공격을 외치는 소리가 들려왔다.

"크으으… 마나 하트……."

고통의 와중에도 아까움에 피를 토하는 사부의 아까움에 부들부들 떨리는 목소리가 꿈결처럼 들려왔다.

그리고 하늘에서 떨어지는 수천 발의 유성우가 마계 조폭들이 소환된 마법진을 향해 쏟아져 내리는 것이 보였다.

"크아아아악! 크아아아아아아아악!"

그러나 모든 것이 완벽하게 보이지 않았다.

머릿속을 강타한 연타의 충격음.

일순간 모든 세상이 암흑으로 변하며 내 모든 것들은 정지해 버렸다.

제발 내가 먹은 집 나온 떡(?)이 잘 소화되기를 간절히 기원함을 마지막으로 생각하면서…….

Chapter 213
네루만, 제국이 되다

스르르륵.

얼굴을 매만지는 매끄러운 비단 감촉의 느낌.

빠져나오기 싫은 잠의 골짜기에서 서서히 정신을 차려야 함이 아쉬웠다.

하지만 코끝에 감도는 익숙한 향기에 눈을 떠야만 했다.

"카… 카이어님……."

그리고 들려오는 여인의 목소리.

사르르 힘겹게 눈꺼풀이 올라갔다.

'아르미스…….'

그러했다.

내 코끝에 익숙한 향기는 아르미스의 내음.

'내 방?

아르미스의 얼굴 뒤로 보이는 방 안의 모습.

네루만 대저택에 존재하는 사부가 강탈하려던 내 방이었다.

'마족 병사들은?

전쟁이 끝났기에 내가 이렇게 누워 있을 수가 있겠지만, 궁금하였다.

마족 놈이 소환한 마계 병사 놈들이 어찌 되었는지 말이다.

"괜찮으세요? 아픈 곳은 없나요?"

걱정이 진하게 밴 아르미스의 물음.

'어라? 아프지가 않네.'

정신을 잃을 당시 배를 칼로 쑤시고, 머리에다가 종을 씌워 놓고 두드리는 것처럼 고통에 휩싸여 있었다.

그런데 지금은 아무 일도 없었다는 듯 말짱하기 그지없었다.

"아르미스, 전투는 어찌 되었소?"

"전투요? 벌써 끝난 지 열흘이 되어갑니다."

"여, 열흘!"

정신이 번쩍 들었다.

한숨 푹 자고 일어났건만 열흘이 흘러 버렸다.

"마계에서 소환된 마물들은 모두 죽었답니다. 스카이나이트들의 맹공격을 받고 살아날 존재는 그리 많지 않답니다."

"아……."

그제야 생각이 났다.

내가 기억을 잃기 전에 스카이나이트들이 발사했던 엄청난 숫자의 스피어.

자신들을 보호해 주던 군단장인 마족이 없었기에 그리 어렵지 않게 처리했을 것이다.

"감축드려요, 카이어님."

입가에 빙긋 미소를 지으며 감축드린다는 말을 꺼내는 아르미스.

"……?"

의문에 찬 시선으로 그녀의 투명한 갈색 눈동자를 바라보았다.

"대륙의 멸망 위기에서 암흑제국을 물리치고 마족 슬레이어가 되신 카이어님을 위하여 대륙 모든 제국과 왕국들이 만장일치로 네루만을 제국으로 인정하였으며 카이어님을 황제로 추대하였습니다."

"허억!"

"그것뿐만 아니라, 라비테르 제국을 네루만 제국 영토로 편입시키기로 했답니다."

"……."

놀라던 입이 다물어지지 않았다.

땅이라면 자다가도 한쪽이라도 더 얻고자 하는 대륙 왕국들이 네루만을 제국으로 인정하고 나를 황제로 추대하였다 한다.

거기에 대륙에서 오페른 제국과 쌍벽을 이루는 라비테르 제국을 덤으로 준다는 이 소식.

기쁨에 웃어야 할지 울어야 할지 갈피를 잡을 수 없었다.

'휴우…….'

내색하지 않고 길게 숨을 들이켰다.

내가 생각해도 그 정도 대가는 충분히 받아도 될 나의 영웅적 행보.

'그래, 황제라면 그 정도는 되어야지.'

한때는 네루만을 경영하기도 벅찼던 나.

어느새 커져 버린 마나홀만큼이나 내 똥배짱도 대마법사급이 되어 있었다.

'가만, 마나홀이…….'

갑자기 번뜩 스치는 마나홀.

마족 놈의 마나 하트가 분명한 것을 삼키고 열흘씩이나 잠을 퍼잔 나에게 변화가 없을 리는 만무했다.

급히 마나를 일으켜 서클을 확인해 갔다.

위이이잉.

내 부름에 자연스럽게 일어나는 마나의 흐름.

달랐다.

구닥다리 386컴퓨터를 최신형 CPU와 메인보드, 램, 그리고 그래픽 카드 빵빵한 놈으로 바꾼 것처럼 거침없이 유동되는 마나의 흐름.

'하나, 둘, 셋… 일곱… 여덟… 허어어어억!'

속으로 마나홀을 세던 내 몸이 순식간에 굳어버렸다.

수학도 아니고 산수만 알면 알 수 있는 마나홀의 개수.

"으아아아아아아아아아아아아아아아아아아아아!!!!!!!!!!!!!!!!!!!!!"

방 안에 울려 터져 나오는 비명.

내 비명에 놀라는 아르미스.

덥석.

그런 아르미스를 힘껏 껴안았다.

"왜……."

놀란 아르미스의 물음.

"고마워. 이게 다 아르미스 덕분이야."

"네?"

고맙다는 말에 귀엽게 눈을 동그랗게 뜬 아르미스.

두근거리는 심장이 그녀의 귀여운 얼굴과 투명한 피부, 그리고 은은하게 풍겨오는 여인의 향기에 뜨겁게 달아올랐다.

"읍!"

망설일 것이 없었다.

이제 신 빼고 세상 무서울 것 없는 나.

아르미스의 입술을 달콤하게 훔쳐 갔다.

'호호호, 이제 다 죽었어.'

드디어 완성된 나의 파라다이스.

마음껏 즐길 것이었다.

열심히 개고생한 나의 인생.

본전에 고리 이자를 쳐서 확실하게 뽕을 뽑을 작정이다.

"아……."

그리고 오늘의 나로 존재하게 만들어준 아르미스와 감사(?)의 마음을 나누는 자리.

아르미스의 개미허리를 단단한 오른팔로 붙잡아갔다.

이제 영원히 아르미스를 지켜주리라 마음먹으며…….

"감축드리옵니다!"

"주군, 감축드리옵니다!"

목이 마른 사슴처럼 아르미스의 입술을 정신없이 탐하였다.

그렇게 얼마간 아르미스의 입술과 스파크를 만들어내는 중에, 데르발이 찾아왔다.

그리고 깨어난 나를 발견하고 펑펑 눈물을 흘리던 충신.

데르발이 울자 나도 울었다.

바즈란 제국에서 쫓겨 루알 산맥을 거의 맨몸으로 넘던 그 순간이 생각났던 것이다.

그렇게 한참을 울고 난 데르발이 말했다.

지금 대전 안에 영지의 중요 기사들과 참전했던 각 왕국의 중요 지휘관들이 기다리고 있다 말이다.

물론 그 와중에도 짧게 보고를 잊지 않는 데르발.

네루만을 공격했던 모든 잡것들의 정리가 끝이 났으며 그 와중에도 돈 될 만한 것들은 따로 빼놓았다고 조용히 보고를 마쳤다.

참으로 나에게는 없어서는 안 될 데르발.

아주 후한 상을 내려주리라 마음을 먹었다.

'저 존경이 팍팍 담긴 눈빛들이라니. 흐흐흐.'

자신들이 보고도 믿기지 못했을 마족의 대갈통을 후려치던 내 모습.

대륙 역사를 새로이 쓴 위대하고, 정열적이며, 강력하고, 성격 착하고 얼굴 착하고 능력 착한 나를, 거대한 대전 안에 모인 이들이 뜨겁게 바라보고 있었다.

그리고 그런 이들은 나를 황제 대하듯 극진한 예를 취했다.

"모두들 수고가 많았소이다."

사람은 위치가 격상이 되면 자연스럽게 변하는 법.

네루만의 백작 영주가 아닌 이제는 황제가 될 귀한 몸.

이런 날을 예상하며 장만해 두었던 내 성안의 의자.

베베토 모습이 멋지게 장식된 푹신한 의자에 엉덩이를 깔고 앉았다.

'캬아, 바로 이 맛이야.'

의자에 앉자 눈 아래로 보이는 뭇 영지의 기사들과 각국 고위급 귀족들.

수고가 많았다는 말을 던지며 한껏 위엄을 잡았다.

"진심으로 감축드리옵니다. 앞으로도 본 안다인 왕국은 네루만 영지, 아니, 제국과 혈맹이 될 것임을 이 자리에서 밝히는 바입니다."

안다인 왕국에서 파견된 고위급 귀족이 자신의 신분도 밝히지 않고 혈맹을 선포했다.

"폐하, 저희 델피란 왕국의 국왕 전하께서는 영원한 동맹을 염원하시며 소신에게 이리 전하였습니다. 앞으로 네루만 제국에서 왕국의 힘을 필요로 한다면 직접 전하께서 전 왕국의 전력을 몰고 왕국의 일처럼 돕겠다 하였사옵니다!"

"폐하! 저희 파킨츠 왕국에서도……."

갑작스럽게 시작된 왕국들의 충성 경쟁.

누가 보면 전국을 통일한 조폭 두목이 지방 보스들에게 충성 서약을 받는 것처럼 보일 수가 있었다.

'알아서 잘들 기네.'

사실 이런 시간도 필요했다.

앞으로 내가 꿈꾸는 칼리얀 대륙은 내 살아생전에 더 이상 피비린내를 맡고 싶지 않았다.

내가 대륙을 일통한 황제가 아니기에 모든 대륙인들의 삶에 관여할 수는 없지만, 힘없는 이들이 가장 서럽고 힘들게 생각하는 전쟁만은 막고 싶었다.

'아이린도 있네. 어라, 루셀도 있고, 하이네스도… 헐! 로시아테는 언제 와 있었어?'

귓가에 윙윙 울리는 각 왕국들의 입에 발린 소리를 듣는 와중에 근 천여 명의 사람이 들어찬 대전 안에서 나의 여인들을 찾아내었다.

타박타박.

그렇게 각 왕국의 귀족들이 내 앞에서 뭐라뭐라 떠들고 있을 때, 대전 문을 열고 들어서는 한 여인.

거침없이 대전 통로를 지나쳐 나에게 다가왔다.

'웁스!'

뭇사람들의 시선을 받으면서도 당당하게 걸음을 멈추지 않고 내 앞으로 다가오는 여인.

"호호, 사람 많네."

테미르 종족들의 지배사인 로코로이아.

이제 갓 목욕을 끝내었는지 촉촉하게 젖은 머리칼이 눈에 들어왔다.

털썩.

그리고 아무런 제지도 받지 않고 내 옆자리에 앉아버리는 로코로이아.

찌리리릿.

대담한 로코로이아의 행동에 벙찐 귀족들과 달리 눈에서 레이저 광선을 발사하는 뭇 여인들.

"자기야, 잘 잤어?"

'자, 자기… 크윽.'

본래부터 안하무인 로코로이아.

쭉쭉빵빵해진 상체를 내 옆으로 돌리며 상쾌한 박하향이 나는 입술을 나풀거렸다.

"으, 응."

기대만큼 잘 자라준 로코로이아의 자기라는 말에 나도 모르게 튀어나온 한마디.

"호호. 며칠 자더니 우리 서방님 얼굴에서 광채가 나네."

사락사락.

말과 함께 거침없이 사람들 앞에서 내 뺨을 사랑스럽게 쓰다듬는 로코로이아.

'그래, 용기있는 여인만이 영웅을 차지하는 법이지.'

원래부터 나 또한 그리 격식을 중요시하지 않는 이였다.

더군다나 이제는 세상 무서울 것 없는 힘을 소유한 절대자.

사람을 죽이는 것도, 괴롭히는 것도 아닌 단지 정신적으로 괴롭게(?) 하는 이 정도 행동쯤이야 언제든지 할 수 있었다.

"꼬맹이, 밥은 먹었어?"

"앙~ 밥 많이 먹었어."

'아이고, 귀여운 것.'

로리는 아니었지만 현재 황후로 점찍은 여인들 중에서 가장 생산년도가 최신형 신제품인 로코로이아.

내 물음에 코맹맹이 소리를 내었다.

"큼큼……."

하지만 우리들의 엽기 행각이 나만 좋게 보일 수만은 없는 것.

감히 나에게 말을 못하는 귀족들과 기사들과 달리 데르발이 헛기침을 해대었다.

'빨리 솔로를 탈출시켜 줘야겠네.'

남들이 보기에 데르발이 나의 주의를 환기시켜 준 것처럼 보일 수도 있겠지만 나에게는 데르발의 경고로 들렸다.

여태까지 뼛골 빠지게 일한 자신에게도 커플의 축복을 내려달라는 행동으로 말이다.

"다시 한 번 대륙의 위기를 극복하는 데 있어 여러분들의 공로에 감사하는 바이오. 데르발 경."

"네, 주군!"

폐하라는 말보다 듣기 좋은 데르발의 주군이라는 말.

"앞으로 한 달 후 정식으로 대관식을 가질 것이니 준비해 주시오."

"며여여여여영!"

내 말에 힘차게 명을 외치는 데르발.

"각 왕국의 귀족들도 잘 알아들었으리라 믿소."

"며, 명을 받드옵니다."

조용한 한마디에 황급히 고개를 숙이며 명을 받드는 귀족들.

아마 이곳을 나가는 즉시 연락용 루미카르를 날리느라 정신이 없을 것이다.

"오늘은 여러 가지로 처리할 일이 많으니 영지의 중요 기사들만 남고 모두들 물러나시오."

그리고 이어진 축객령.

정리할 일이 많았다.

얼떨결에 얻게 된 라비테르 제국의 운영과 이번 전투로 인하여 사망한 이들에 대한 보상 문제 등등.

기사들의 주군으로서 처리할 일들이 많았다.

"알겠사옵니다."

물러나는 귀족들 사이로 보이는 일단의 신관들과 성기사.

나름대로 큰 역할을 했지만 능동적으로 참가하지 못했기에 결코 칭찬을 해주고 싶지 않았다.

아니, 조금만 불만스러운 표정을 짓는다면 앞으로 라비테르 제국에서는 절대 포교 활동을 할 수 없을 것이었다.

"로시아테 공주, 로코로이아, 그리고 아이린 경, 루셀, 하이네스, 크리시아 경은 남아도 좋소."

다른 이들과 함께 밖으로 나가려다가 내 부름에 상기된 얼굴로 나를 바라보는 여인들.

이제 제대로 챙겨줄 것이었다.

열 명의 황후를 두어도 누가 뭐라 할 수 없는 황제의 자리.

내 파라다이스의 안주인이 될 여인들이 나를 바라보며 따스한 눈빛을 보내었다.

'움하하하. 인생 뭐 있어. 행복하게 살다 가면 그뿐이지.'

앞으로 마음껏 펼쳐질 내 인생.

황좌에 앉아 느긋하게 삶의 여유를 즐겼다.

"현재, 라비테르 황성은 오페른 제국에서 파병된 병사들이 점령하고 있다 합니다. 그리고 각 영지에는 살아남은 귀족의 친척들과 기사들, 그리고 자경단들이 임시로 안정을 꾀하고 있다는 정보입니다."

알타카스 덕분에 쑥대밭이 된 라비테르 제국.

온전하게 남아 있는 귀족이나 스카이나이트들이 거의 없었다.

대부분 데스 와이번이나 데스 스카이나이트가 되어 사라져 버린 것이다.

'라이케르가 오페른 제국의 황태자란 말이지.'

놀랍게도 영지를 떠난 라이케르가 대륙의 삼대 제국 중 수위를 다투는 오페른 제국의 황태자였다.

범상치 않다 싶었지만 황태자나 되는 녀석이 내 영지에서 눈칫밥 먹고 지냈다는 것이 믿기지 않았다.

"다행스럽게 코비란 산맥과 베츠 산맥에 거주하던 몬스터 놈들이 암흑제국에 홀려 상당수 죽임을 당해 걱정을 덜게 되었습니다. 그리고 주군께서 제국을 다스린다는 소문이 순식간에 퍼져 나가면서 제국에서 말썽을 피우는 자들이 없다고 합니다."

귀족들과 기사들도 없건만 고분고분한 양이 되어버린 라비테르 제국.

알타카스가 제대로 교육을 시켜놔서 그런지 복종에 익숙
해져 있는 것 같았다.

"이번 전투로 영지 기사들은 얼마나 죽었는가."

애써 데르발이 말하지 않았지만 데스 와이번과의 전투에
서 사망에 이른 자들이 제법 있을 것이었다.

"총 136명의 스카이나이트가 장렬하게 산화했습니다. 각
연합군과 성기사들 또한 약 700명 정도가 사망했습니다."

"흐음……."

예상은 하고 있었지만 확실한 숫자를 듣자 마음이 아파왔
다.

중요한 기사들은 모두 무사했지만 죽은 이들 또한 나의 기
사들.

"유족들에게 최대한 예의를 표하도록 하라."

"명!"

나와 네루만을 위하여 피 흘린 자들을 위하여 대가를 지불
하는 것은 당연한 일.

나 또한 그들처럼 죽음을 각오하고 살아왔기에 죽은 이들
의 마음을 잘 알고 있었다.

"주군, 황제의 위에 오르신다면 황성은 어느 곳으로 정하
실 것이옵니까?"

데르발과 샤일트, 세들리안, 제니스, 그리고 행정 기사들과

나의 여인들만이 존재하는 대전 안.

데르발이 황성을 정하라 말을 꺼내었다.

"네루만 제국의 황성은 이곳이다."

정할 것도 없었다.

내가 설계한 파라다이스의 중심지는 이곳 네루만 대성이었다.

"하지만 제국을 다스리기에는 너무 변방에 있는 것이 아닌지……."

"그 점은 걱정 말라. 네루만의 행정 체계와 같이 제국도 개편할 것이다. 그리고 그 중심 도시에는 네루만 황성과 연결된 이동 마법진이 모두 설치될 것이다."

"헛!"

"마, 마법진……."

이동 마법진이 설치된다는 말에 놀라는 기사들.

내 말대로 된다면 굳이 황성을 옮길 필요가 없었다.

필요하면 언제나 이동이 가능할 것이기에 말이다.

"데르발 경, 이번 전투에서 공을 세운 이들의 명단을 작성해서 보고하라. 그리고 이 시간부터 네루만의 영지 스카이나이트들은 모두 네루만 제국 황실 근위 스카이나이트로 지위를 격상할 것이니 그에 알맞은 준비를 하도록."

"명!"

예전부터 생각해 왔던 나만의 제국.

일사불란하게 명을 내렸다.

"그리고 경들에게도 할 말이 있다."

목숨을 걸고 나를 도와 네루만을 지켜낸 핵심 인물들.

내 말에 모두 나를 보았다.

"경들의 충정은 절대 잊지 않겠다. 그러나 작위는 수여할지언정 다른 제국들처럼 귀족들에게 영지를 하사하지는 않을 것이다. 모든 영지의 세율은 30% 통일할 것이며, 그중에서 5%의 소출권을 작위에 걸맞게 경들에게 하사할 것이다."

"추웅!"

불만있는 표정을 짓는 기사가 하나도 없었다.

그동안 네루만을 다스렸던 나의 스타일을 알기에 넓은 땅이 생겨도 욕심을 내지 않았다.

'중앙 집권화의 권력을 이룰 것이다.'

내가 인권우선주의자는 아니었지만 귀족들로 인하여 힘없는 백성들이 고통받는 것은 원하지 않았다.

나라를 지키는 귀족들은 그에 걸맞은 대우를 받으면 되는 것이며, 백성들은 자신들의 생업에 종사하며 노력한 만큼 결실을 얻는 것이 내가 추구하는 파라다이스의 모토였다.

"그동안 모두 수고했다. 그리고… 앞으로도 부탁한다."

내가 잘났지만 그렇다고 내 기사들을 무시할 수 없었다.

서로 어울려 사는 아름다운 사회.

네루만 제국은 그런 곳이었다.

"추웅!"

내 말에 충을 외치는 기사들의 모습.

입가에 빙긋이 미소가 지어졌다.

'하아…….'

카이어와 기사들의 대화를 들으며 감탄의 한숨을 속으로 내뱉는 로시아테.

황족이나 왕족, 아니, 귀족으로 태어나지 않았건만 자연스러운 위엄을 보이는 카이어의 모습.

언제나 웃음을 머금고 장난스럽게 세상을 사는 카이어였건만 달라 보였다.

알타카스가 일으킨 암흑제국의 난을 평정하고 소환된 상급 마족을 처리한 영웅.

대제국의 땅을 다스리기에 어느 하나 부족함없는 자신감과 능력을 보였다.

'이번 기회에 우리 왕국도 제국에 편입시켜 버릴까…….'

왕국의 선조들에게 미안했지만 이제는 다스리기에 벅찬 하비스 왕국.

네루만 제국에 모든 것을 맡겨 백성들의 평안을 꾀하는 것도 나쁘지 않다는 생각이 들었다.

"로시아테 공주."

생각에 잠겨 있는 로시아테 공주의 귀에 들리는 사랑하는 님의 다정한 음성.

"네……."

"로엔 공국을 하비스 왕국에 돌려줄 생각이오. 공주의 생각은 어떠하오?"

"로, 로엔 공국을요?"

"그렇소. 듣자 하니 로엔 공국도 알타카스에게 당하여 기사들 대부분이 사라졌다 들었소. 어차피 공국은 과거 왕국의 영토였으니 이번 기회에 복속시켜 줄 생각이오."

부드럽게 웃으며 엄청난 일을 아무것도 아닌 것처럼 말하는 카이어.

생각의 크기가 달랐다.

'라비테르가 아니라 대륙을 다 줘도… 카이어님의 마음을 채울 수 없을 것이야. 하아…….'

로시아테는 또 한 번 깨달았다.

눈앞의 남자는 세상을 다 가져도 기쁘게 생각하지 않을 남자 중의 남자라고 말이다.

'치잇… 바람둥이가 왜 이리 멋있는 거야.'

마음을 확 빼앗겨 버린 아이린.

좌중을 압도하는 카이어의 포스에 억울한 마음이 살짝 들었다.

여자가 많은 줄은 알았건만 뭇사람들 앞에서 과감한 애정 행각을 서슴지 않는 대범성을 보이는 카이어.

어마어마한 땅덩어리를 삼켜도 전혀 기뻐하는 내색이 없었다.

'긴장해야겠어. 잘못하다가는……'

대전 안에 남아 있는 자신을 비롯한 카이어의 여인들.

아름답지 않은 여인이 없었고, 개성 또한 저마다 달랐다.

그런 여인들 중에서 가장 나이가 많은 아이린.

독한 마음을 먹었다.

이제부터라도 로코로이아라 불리는 꼬맹이가 하는 것처럼 닭살스럽지만 카이어에게 애교질 좀 할 것을 말이다.

'결국 당신이… 내 복수를 해버렸네요.'

짧은 머리칼을 버리고 이제는 제법 자라난 어색한 머리칼을 소유한 루셀, 아니, 루미니아.

가문을 멸망케 한 라비테르 제국의 라인케 백작을 카이어가 처단한 것을 알고 있었다.

'고마워요… 부족한 나를 이렇게 생각해 줘서.'

그리고 고마워했다.

이곳에 모인 여인들 중에서 가장 비천한 신분일 수도 있건만, 자신을 잊지 않는 카이어.

그를 생각하자 얼굴이 사르르 붉어졌다.

제국 기사학교에서 있었던 카이어와의 잊지 못할 첫 키스.

루미니아는 아무런 욕심이 없었다.

그저 이렇게 카이어와 함께 영원한 행복을 꿈꾸며 살고 싶을 뿐이었다.

'가문의 율법에 어긋나지만… 아쉬운 내가 포기해야지.'

자신이 모시는 황녀 아이지스가 사랑하는 카이어.

하이네스는 광전사 가문의 전통을 이번에는 버리기로 하였다.

가문의 이름으로 들이대기에는 너무나 커버린 카이어.

하이네스는 현명한 선택을 하기로 마음먹었다.

눈을 들어 봐도 자신보다 뭣 하나 꿀릴 것이 없는 여인들이 카이어만 보고 있었다.

그런데 여기서 멍청하게 너는 내 거야라는 독점 선언을 할 수는 없었다.

'흥! 그래도 반드시… 애는 내가 먼저 낳을 거야!'

그래도 죽지 않는 자존심.

엉뚱한 일(?)에 승부욕을 활활 발산시키는 하이네스였다.

　'휴우…….'
카이어의 모습을 보며 길게 한숨을 쉬는 크리시아.
그와 함께 라비테르 제국 황성을 급습했다가 상당한 병력 손실을 입었다.
그렇기에 암흑제국의 도발에 참전할 것인가에 대하여 왕국 귀족들 간에 말이 좀 있었다.
하지만 하일드리안 제국의 참전 때문에 자연스럽게 카이어를 도울 수 있었다.
　'다행이야. 조금만 판단을 잘못 내렸다면…….'
만약 카이어에게 등을 돌렸다면 그 이후에 벌어질 사태는 생각만으로 끔찍했다.
크리시아의 인생을 떠나서 케스미르 왕국 전체에 대하여 안 좋은 일이 발생할 것이 분명했다.
공간의 제약 따위는 간단히 넘어설 카이어의 능력.
만약 해적 소탕이라는 명분하에 케스미르 왕국을 공격했다면 단숨에 해상왕국은 무너졌을 것이다.
　'절대 놓치지 않을 거야. 왕국을 위해서… 아니, 내 여자로서의 인생을 위해서 말이야.'
지금까지 봐온 카이어의 성격으로는 여인들이 많다고 하

여 차별할 성격이 아니었다.

혹자는 바람둥이라 말할 수 있겠지만, 어찌하겠는가.

향기로운 꿀을 품은 꽃에 벌과 나비가 달려드는 것은 당연한 일이었고, 대륙에 다시 나오기 어려운 영웅을 차지하기 위해 여인들이 사랑에 빠지는 것은 필연적인 일이었다.

'티아벨도 곧 합류하겠네.'

카이어가 황제가 된다는 소식이 전해지면 새침데기 티아벨이 하일드리안 제국에서 날아올 것이다.

남자 보는 눈 하나만큼은 정확한 티아벨.

여기 있는 여인들을 비롯하여 모두 다 선의의 경쟁자.

앞으로 카이어를 위해서 누가 더 헌신할 수 있는지 크리시아는 보여주리라 마음먹었다.

바다의 여인이 아닌 이제 사랑하는 이와 꽃밭 정원을 거닐고 싶은 수수한 욕망을 소유한 한 여인의 작은 소망을 품고 말이다.

Chapter 214

영원한 형제

"스승님, 몸은 좀 어떠십니까?"

"와, 왔냐……."

8서클에 오르기 전에는 말도 안 되는 말로 사기를 쳐서 내 방을 꿀꺽하려던 건달프 사부.

저택 옆에 건설된 마탑에 찾아와서야 얼굴을 볼 수 있었다.

그것도 제대로 똥 씹은 표정을 말이다.

"고생하셨습니다. 스승님이 저를 칼리얀 대륙으로 보내지 않으셨다면 제가 어찌 마족 슬레이어가 될 수 있겠습니까. 이게 모두 다 스승님 덕분입니다. 뭐, 여기까지 오는 동안 몇 번

죽다 살아났지만 전 그런 걸로 쪼잔하게 마음에 담고 살지 않습니다.”

내 말에 얼굴 표정이 그대로 굳어버리는 건달프 사부.

알고 있을 것이었다.

내가 마족의 마나 하트를 삼키고 난 뒤에 자신을 뛰어넘었다는 사실을 말이다.

“하, 하하. 그 점은 내 항상 미안하게 생각하는 바이다. 마정석이 폭발하는 바람에 어쩔 수 없었다. 그래도 다행이지 않느냐. 내가 전수해 준 마나 연공법으로 이제 황제가 되었으니 말이다.”

어색한 웃음을 흘리며 다행이라는 말을 끄집어내는 사부.

“그렇죠. 그 증명도 안 된 마나 연공법 덕분에 황제를 먹었으니 스승님께 진심으로 감사, 또 감사를 드립니다.”

특히나 ‘증명도 안 된’ 부분을 강조하는 나.

이제 건달프 사부도 무섭지 않았다.

얼마나 사실지 모르지만 나처럼 아주 우연스럽게라도 9서클에 오를 수 있는 행운을 얻을지는 알 수 없었다.

그리고 마법사들에게 내려오는 불문율 하나.

마법사들은 선배라는 말을 사용하지 않았다.

그저 나보다 서클이 높고 낮음을 판단하여 서열을 정할 뿐이었다.

‘흐흐. 사부니까 봐주는 겁니다.’

아무리 스승이라 하여도 서클이 역전되는 순간 마법사들은 고서클 마법사에게 고개를 숙여야 했다.

마법사들이 존중하는 마나가 허락한 서클에 대한 깨달음.

스승이라도 예외가 될 수 없었다.

내 말에 완전 썩소를 지으며 어정쩡하게 친절하려 애쓰는 사부.

그 지랄 같은 꼬라지에 나를 이리 대하는 것이 얼마나 속이 뒤집히겠는가.

“방이 좋습니다. 뭐 필요할 것도 없어 보입니다.”

“그, 그게 마법사 놈들이 마탑을 다 털어왔나 보더구나. 나는 굳이 필요치 않다는데, 네루만을 위해서 그래야 한다나 어쩐다나…….”

마탑주들이 모두 지옥행 특급열차를 타는 바람에 고서클 마법에 대한 단서를 상실한 대륙 각 마탑의 마법사들.

데르발에 의하면 마탑을 스스로 폐쇄시켜 가며 이곳 네루만으로 몰려들고 있다 하였다.

현재 대륙에 남아 있는 7서클 이상의 마법사는 바즈란 제국 황실을 비롯한 몇몇 왕국의 마탑주들뿐.

그중에서 8서클 마법사인 아이달 사부와 내 명성을 따라올 자는 없기에 마법사들이 앞 다투어 영지로 찾아왔다.

‘이제 대륙의 유일무이한 마탑이 되는 건가?

후에는 어떨지 몰라도 당분간은 견제가 불가능한 네루만 마탑.

순식간에 대륙에 존재하는 몇천 명의 마법사들의 중심이 되어버렸다.

“역시 스승님이십니다. 단시간에 그렇게 마법사들의 존경을 한 몸에 받으시다니.”

“내가 한 게 뭐 있다고…….”

칭찬에도 눈치를 살피며 어울리지 않는 겸손을 떠는 사부.

이곳에 나타날 때만 해도 세상 무서울 것 없다는 자신감은 엿을 바꿔 먹었는지 찾아볼 수 없었다.

‘당분간 수고 좀 해주십쇼. <u>흐흐흐</u>.’

마법사들을 이끌기 위해서는 나를 대신해 사부만 한 이가 없었다.

서클은 어떨지 몰라도 악명 하나는 이미 백 년 전부터 떨치던 사부.

마법사라는 고급 인력을 부려먹기 위해서는 사부가 절실히 필요했다.

네루만에 이어 라비테르 제국에 필수적인 토목 공사에 마법사들을 동원할 참이었다.

“잘 좀 부탁합니다. 제가 좀 바빠질 것 같아서 말입니다.

곧 9서클 마법 지식을 배우러 잠시 나갔다 올 것입니다.”

“9서클 마법… 지식!”

나름대로 냉정함을 유지하다 9서클 마법 지식이라는 말에
놀라 소리를 버럭 지르는 사부.

‘흐흐. 게임 끝이군.’

사부는 몰랐지만 칼리얀 대륙에서 갈고닦은 나만의 낚시
비법.

월척 사부가 딱 걸려드는 순간이었다.

마법사에게 있어 상급의 마법 지식은 그 무엇과도 비교할
수 없는 금단의 유혹이었다.

“그럼 바빠서 이만……”

고개를 숙이며 스승에 대한 예의를 잃지 않았다.

낚시에 걸리든 안 걸리든 건달프 사부는 지금의 나를 만들
어준 위대한 마법사.

존경하는 마음은 저 마음 한구석에 아주 쬐금 남아 있었다.

네루만 제국의 황제 카이어.

나는 그렇게 속 좁은 남자는 절대 아니었다.

쉬이이이이이이이이이이이익.

파라라라라라라라라락.

쿠오오오오오오오오오오오오!

어느새 계절은 9월의 중반.

알타카스와 맞짱을 뜨고 한참을 자다 보니 이룩한 9서클 마법사의 경지.

드넓은 영지 곳곳에 가을밀들이 익어가며 황금 벌판을 이루고 있었다.

그런 나의 영지 상공을 비행하는 이 기분.

마법을 펼치면 이제는 손쉽게 그 어느 곳이라도 갈 수 있지만 지금 이 순간이 좋았다.

튼튼한 베베토의 날갯짓에 몸을 싣고 바람을 맞아가며 창공을 질주하는 이 기분.

사랑하는 여인과의 키스와 비견할 만한 상쾌한 쾌감을 안겨주었다.

'벌써 시간이 이리 흐르다니…….'

칼리얀 대륙에 점프해 온 지 벌써 3년.

뭘 모르던 고삐리가 대륙을 움직이는 황제가 곧 될 것이었다.

대한민국에 있었다면 지금쯤 수능 준비를 하거나, 수시 원서를 넣고 고삐리 생활을 청산하고 있을 것이다.

그러나 나는 영어 단어를 외우고 수학 공식을 풀 시간에 황제가 된 것이다.

지구에서는 이런 말을 하면 미친놈 소리를 듣겠지만 칼리얀에서 내 이름은 이제 전설이 되어 있었다.

'엘프들의 도움이 컸지…….'

네루만의 또 다른 주민들인 드워프와 엘프들의 도움.

드워프들이 무기를 만들어주지 않았다면 진작 네루만은 무너졌을 것이며, 엘프들이 마지막 일전에 참가하지 않았다면 상당한 피해가 있었을 것이다.

'세상은 모두 서로 돕고 사는 것이야. 잘난 사람도 혼자서 살 수는 없잖아.'

아무리 나라 해도 무인도에 처박혀 살아야 산다면 9서클 마법이 무슨 소용이 있겠는가.

그런 점에서 나는 축복을 받은 인간이었다.

착하고 충성스러운 기사들과 대륙 그 어느 왕국도 함께할 수 없는 엘프들과 드워프들의 협조를 받는 존재.

옛말에 좋은 사람 곁에는 좋은 이들만 함께 한다는 말처럼, 난 참으로 좋은 놈이 분명하였다.

쿠오오오오오오오오오오오오!

'벌써 다 왔네.'

나날이 발전해 가는 영지를 구경하다 보니 어느새 드워프와 엘프들의 공동 도시에 이를 수 있었다.

네루만 대성에 비하면 수수하기 그지없는 규모지만 두 종족에게는 부족함이 없는 곳.

파랏파랏.

나를 발견하고 한 마리 하르피가 빠르게 다가오고 있었다.

베베토가 환영할 정도로 익숙한 하르피.

순수 엘프 나르미아스였다.

'생각만 해도 마음이 따뜻해지네.'

입가에 절로 미소가 지어졌다.

엄마 품같이 언제나 나를 진심으로 안아주는 엘프 나르미아스.

종족은 다르지만 그런 차이쯤은 아무것도 아니었다.

쉬이이이이익.

빠르게 날아와 어느새 내 옆으로 나가온 하르피.

"카이어님!"

투구를 풀고 나르미아스가 활짝 웃으며 내 이름을 불렀다.

"나르미아스, 보고 싶었어~!"

"네, 저도 보고 싶었어요."

하늘을 날며 고백하는 사랑의 밀어.

마주 날아가며 우리는 서로를 향해 미소 지어주었다.

"오늘 날아가자. 저 하늘 끝까지!"

"네! 카이어님과 함께라면 전 어디라도 좋아요~!"

엘프들은 많은 것을 바라지 않았다.

자신들을 생각해 주는 진실한 마음 하나.

그 하나만으로도 그들은 배가 불렀다.

그리고 나 또한 이 순간 배가 불렀다.

나를 향해 끝없이 베풀어주는 나르미아스의 사랑에 말이다.

"마셔! 오늘은 정말 먹다 죽자고!"

"네? 네에……."

나르미아스와 한바탕 비행을 하고 돌아온 드워프와 엘프들의 도시.

어느새 술판이 벌어져 있었다.

무슨 건수만 잡으면 술을 못 마셔서 안달난 카시아르스 족장.

주석으로 만들어진 큼지막한 잔에 거품 넘치게 맥주를 따라 부딪쳐 왔다.

'정말 마음 편한 존재들이라니까.'

띠리리리링, 띠리리링.

흥청망청 술잔을 기울이는 드워프와 달리 성벽에 올라 하프를 뜯거나 사색에 잠겨 있는 엘프들.

이질적인 두 집단이건만 묘하게 잘 어울렸다.

치이이익.

'미치겠네. 영지에 있는 돼지들 씨가 마르겠네.'

맥주 안주에는 땅콩이나 기타 등등의 가벼운 안주가 어울리건만, 이제는 나를 닮아 삼겹살을 돌판에 떡하니 구워 버리는 드워프들.

그것도 한둘이 아니라 유행처럼 수백 녕의 드워프들이 수북이 돼지고기를 쌓아놓고 고기를 구워가며 맥주 잔을 들이켰다.

'기, 김치도 있네!'

그리고 잠시 후 고기가 구워질 무렵에 커다란 나무통에서 김치를 꺼내어 불판에 같이 구워 버리는 드워프들.

"자네 성에서 맛본 킴치네. 고기에 먹다 보니 중독성이 있더라고. 그래서 좀 담가봤어. 어떤가? 맛은 비슷하지 않은가?"

드워프들에 대해서는 무제한적인 공급 명령을 내려놨기에 아낌없이 재료를 사용한 드워프가 담근 김치.

손재주가 탁월한 종족답게 내가 만든 것과 별반 다를 게 없었다.

아마도 루시아 어머니가 김치 담그는 법을 전수한 것 같았다.

'이거 대륙에 정말로 유행하는 것 아냐?'

대한민국을 대표하는 김치.

한번 중독되면 헤어 나올 수 없건만 드워프들은 건너지 말아야 할 다리를 넘고 말았다.

'흡… 냄새 죽인다.'

고소한 삼겹살 기름에 구워지는 김치.

그것도 돌판에 구워지는 삼겹살과 김치는 예술 그 자체.

입에 침이 가득 고였다.

"저도 한 잔 주세요."

"엥?"

"오오! 여기 용감한 엘프 족이 다 있군."

내 옆에서 떨어지지 않는 나르미아스가 잔을 내밀며 맥주를 달라 하였다.

"나르미아스……."

"괜찮아요. 저도 한 번 마셔보고 싶었어요. 카이어님이 좋아하시는 이유가 뭘까 궁금했거든요."

타락한 엘프가 되고 싶은 나르미아스.

생긋 웃으며 카시아르스 족장이 따르는 맥주를 바라보고 있었다.

"자! 그럼 다 같이 건배하자고. 형제 카이어의 대승을 축하하며. 건배!"

"건배!!!"

족장이 술잔을 높이 쳐들자 드워프들이 건배를 외치며 잔을 목에 털어 넣었다.

"카아아……!"

"크으으!"

그리고 들려오는 시원한 탄성.

"아……!"

나르미아스도 예외는 아니었다.

단숨에 가득 담겨 있는 맥주를 마셔 버리는 타락 엘프.

"크으…….”

나 또한 예외가 없었다.

알싸하고 시원하게 넘어가는 마법 냉장 맥주.

그동안 쌓여 있던 피로가 일순간 날아가는 행복감을 맛보았다.

"맛있어요!"

처음부터 술맛을 제대로 알아버린 나르미아스.

삼겹살까지 먹겠다고 달려드는 것은 아닌지 걱정이 들었다.

"하하하, 마음에 들었어. 나르미아스라고 했지? 앞으로 종종 우리 축제에 참가할 자격을 주지."

사람 좋은 웃음을 짓는 족장 카시아르스.

엘프들 중에 처음으로 술을 마시는 나르미아스가 마음에 든 것 같았다.

'이제 대륙도 슬슬 정리되었는데… 지구에 한 번 가봐야

겠군.'

더 이상 살펴봐도 문제가 될 것 없는 칼리얀 대륙.

사부가 아니어도 충분히 이제는 혼자 지구에 갈 수 있었다.

아직 손목에 채워진 팔찌에는 지구로 이동할 수 있는 차원 좌표가 들어 있었던 것이다.

'그전에 라이케르를 만나봐야겠군.'

아직 정식으로 인수받지 못한 라비테르 제국.

떡하니 황성을 차지하고 있는 라이케르를 만날 필요가 있었다.

황제 취임식이 끝나면 네루만의 스카이나이트들이 주둔하게 될 나의 땅에 이방인(?)을 들일 수 없었다.

다만 지금은 라이케르에게 잠시 제국 방어를 맡긴다는 생각뿐이었다.

"나르미아스, 지금 뭐 하는 것인가?"

'오잉?

술을 마시며 생각에 잠겨 있는 사이 귓가에 들려오는 익숙한 목소리.

"자, 장로님!"

술잔을 들이켜며 행복에 젖어 있던 나르미아스가 화들짝 놀라며 자리에서 벌떡 일어났다.

"아니, 왜 술 잘 마시는 애를 놀래키고 그러쇼!"

엘프 장로 파르키아노가 이곳에 나타날 줄 몰랐다.

장로 급들은 어지간해서는 엘프 마을에서 움직이지 않는다 했건만, 소리없이 등장한 장로 파르키아노.

하얀 수염을 매만지며 나르미아스를 보고 있었다.

"어, 어서 오십시오, 장로님. 하하, 이번에 정말 고마웠습니다."

서둘러 수습해야 할 분위기.

나의 사랑하는 나르미아스가 꾸중 듣는 것이 편하지 않았다.

"나르미아스……."

조용하고 차분한 장로의 부름.

"네… 장로님."

술 한 잔에 어느새 볼이 빨개진 나르미아스가 울 것 같은 표정을 지으며 입을 열었다.

'큰일 났네.'

금욕 생활을 신봉하는 수련 집단이라 할 수 있는 엘프들.

지금 인간과 드워프들과 어울리는 것도 파격적이라 할 수 있는데, 아직 음주는 허락되지 않았을 것이다.

"맛있더냐?"

"네?"

"맥주가 그리 맛이 있느냐 묻지 않더냐."

"그, 그게… 맛있습니다. 아침에 마시는 이슬과 달리 톡 쏘는 그 맛이 입안에서 달콤한 향기를 만들어냅니다. 그리고… 목을 타고 넘어가서는 배에서 뜨거워지는 느낌이 아주 새롭습니다."

참으로 자세하게도 설명하는 나르미아스.

모든 것에 솔직하고 충실한 엘프다웠다.

"그럼 나도 한 잔 주거라."

"네에?"

'헐, 이 양반 봐라.'

엘프가 맥주를 달라고 하고 있었다.

그것도 준 신선 급인 장로가 말이다.

"오오오오오오! 이런 기쁠 때가 있나. 세상에 엘프 장로들이 우리 일족과 술을 마셔주다니. 하하하하하하! 자, 받으시오. 그동안 내가 감정없는 메마른 영혼들이라 불렀던 말을 취소하겠소이다!"

술친구를 만드는 것이 기쁜 카시아르스.

자신의 비워진 잔에다 맥주를 꾹 눌러 담아 장로 파르키아노에게 건네었다.

"자! 다시 한 번 건배합시다. 우리 일족과 친구가 될 자격을 얻게 된 엘프들과 우리의 영원한 형제인 카이어를 위하여 건배!"

"건배!"

카시아르스의 선창에 이어 드워프들의 목소리가 사방에서 울려왔다.

내가 꿈꾸던 파라다이스 안에서의 화목한 모습.

하나둘 자리를 잡아가고 있었다.

"좀 더 부탁하네."

"휴우, 정말 너무하군요. 단숨에 이 거대한 땅덩어리를 침도 안 바르고 삼키다니, 주군의 능력은 언제나 제 상상력을 넘어서고 있군요."

"아니야. 자네 신분도 의외였어."

한번 와본 적 있는 라비테르 제국의 황성.

즉위식을 며칠 남기지 않고 찾아왔다.

그동안 나 대신에 제국을 아주 잘 수호해 주고 있는 라이케르를 칭찬해 주고 싶어서 말이다.

"불공평합니다. 그래도 얼마 전까지 주군은 일개 백작에 불과했는데 이제는 제국의 황제라니요. 팔팔한 아바마마가 돌아가시기 전까지 저는 영원히 주군에게 존칭을 사용해야잖습니까."

언제나 하고 싶은 말 다 하고 사는 라이케르.

알타카스가 개판으로 만들어놓은 제국 황성을 정리해 놓

았다.

오페른 제국 마법사와 정령사를 불러다가 제국 황성을 통제로 뒤집어 엎어버렸다.

그리고 무려 백만이 죽어나간 황도의 내성 안에서 나를 기다리고 있었다.

"이런 말 한 번 들어봤나 모르겠군."

"무슨 말 말씀입니까?"

제국 황태자의 신분임에도 신분에 구애받지 않는 자유로운 영혼을 소유한 라이케르.

"한 번 주군은 영원한 주군이라고 말이야."

"쳇. 그런 게 어디 있습니까. 같이 죽어줄 것도 아니면서……"

역시나 내 말에 시큰둥한 반응을 보이는 라이케르.

"그런데 왜 도와주러 오지 않았나? 난 내심 자네를 기다렸는데."

"그게… 찾아가 봐야 별 도움도 안 될 것 같고, 차라리 기회를 봐서 알타카스의 본거지를 청소할 것이 나을 것 같아 이곳을 정리해 버렸습니다. 사실 일말의 기대도 있었습니다. 명색이 대륙을 울리던 제국이라기에 황성의 보물 창고에 뭐라도 있는 줄 알고 말입니다. 그런데 완전 개털이더군요. 뭐 하나 건질 것 없더군요."

'당연히 그렇겠지. 8서클 마법사인 알타카스가 어수룩하게 보물을 남겨놓을 리 없지. 후후후.'

하지만 나에게는 황성 안에서 감지되었다.

8서클 마법사 이상이 아니면 발견할 수 없는 절대 마법 트릭 장치.

수십 년간 제국을 통치하면서 모아놓았을 상상초월의 보물 창고.

아주 고맙게 사용할 작정이었다.

"아쉽게 되었군. 자네에게 그 정도는 양보하려고 했는데."

"그러게 말입니다. 주군이 오기 전에 싹 빼돌리려 했는데……."

비록 위급한 순간에 나를 버리고(?) 사라진 라이케르였지만 그를 이해 못하는 것은 아니었다.

나름대로 나를 도와주려 했던 정황을 읽어낼 수 있었다.

"그건 그렇고 언제 데려갈 작정인가."

"뭘요?"

"자네가 내 대관식 때 나타나서 그녀를 데려가지 않으면 난 그녀를 네루만 제국 공작에 임명할 것이네. 그리고 아주 멋진 남자를 소개시켜 줄 참이야."

"무슨 섭한 말씀이십니까. 당연히 대관식 때 참석하겠습니다. 그리고 그녀를 데려갈 터이니 그동안 사용하신 인건비와 공작 작위에 준하는 금액을 지참금으로 준비해 두십시오.”

“그렇게 하지. 대신 네루만 제국군이 들어오는 동안까지 내 땅 잘 부탁하네.”

“염려 마십시오. 완벽하게 지켜 드리고 있겠습니다.”

“고맙네.”

“우리 사이에 뭘 그 정도 가지고. 그건 그렇고 이렇게 만난 것도 아쉬운데…….”

갑자기 눈빛을 반짝이는 라이케르.

“안 돼!”

“에이, 팔팔한 피가 끓는 남자가 왜 참습니까. 지금 여기서 바로 공간 이동해서 이라크츠 제국의 황성으로 가시지요. 제가 황실 정보부를 가동해서 물 좋은 곳의 정보를 알아뒀습니다. 흐흐흐.”

‘썩을… 정말 황태자 맞아?’

언제나 나와 비슷하게 농담처럼 인생을 즐기는 라이케르.

파바밧.

그의 눈동자와 허공에서 부딪쳤다.

씨익.

입가에 지어지는 미소.

앞으로 대륙을 놓고 사이좋게 지내야 할 절대자들끼리의

소리없는 우정.

　말이 필요없었다.

　그저 가슴을 열어젖힌 미소 하나면 그만이었다.

Chapter 215
대관식

“드디어… 대관식이군.”

참으로 바쁘게 흘러간 한 달이라는 시간.

추수가 시작되어 가는 네루만 곳곳을 위하여 필수 병사들을 제외하고 모두 각자의 집으로 돌려보냈다.

동시에 대륙 곳곳에서 몰려드는 마법사들과 정령사를 비롯한 상위 능력자들을 판별하여 네루만 제국의 중요 인재들로 만들어갔다.

그것뿐만이 아니었다.

매일같이 찾아와 제발 신전을 건설하게 해달라는 청원을

하는 신관들을 정신 교육시키는 것도 바빴고, 선물을 한 보따리씩 안고 찾아오는 왕국 사신들을 접견하는 것도 큰 일과였다.

그리고 그렇게 시간을 보내다 보니 어느새 대관식의 아침이 밝았다.

바즈란 제국의 아이지스를 비롯한 하일드리안 제국의 황녀 티아벨, 오페른 제국의 황태자 라이케르를 비롯한 각 제국과 왕국의 황족이나 국왕, 그리고 왕족들이 네루만 대성을 방문하였다.

"이럴 때 기념사진 한 방 박아둬야 하는데."

오늘부터 시작될 네루만 제국 건국력.

이런 역사적인 순간을 지구에서는 모른다는 것이 안타까웠다.

똑똑.

"주군, 데르발입니다."

"들어오라."

스르륵.

드워프가 만든 문답게 소음 하나 없이 열리는 방문.

'호오, 데르발도 제법인데.'

나를 받드는 동안 마음고생이 심하여 살도 찌지 않던 데르발.

요 한 달간 일이 많았음에도 얼굴에 제법 살이 올라 있었다.

그리고 그런 데르발이 예복을 착용하고 있었다.

검은 바탕에 황금 실로 수놓고 붉은 망토까지 착용한 데르발.

흠잡을 곳 하나 없는 멋진 남자로 탄생하여 있었다.

"모두 준비되었습니다."

"그래, 수고했네."

"아닙니다. 소신은 그저……."

수고했다는 말에 갑자기 감정이 격해졌는지 눈시울을 붉히는 데르발.

말하지 않아도 알았다.

지금의 내가 있기까지 얼마나 마음 졸이며 살아왔던가.

"고마워."

데르발에게 다가가 그를 안아주었다.

"주군… 정말 감사합니다. 제가 그리시던 그 모습 그대로이십니다. 네루만의 황제 폐하시여……."

또로록.

황제 폐하라는 말을 감격에 젖은 목소리로 뱉으며 눈물을 흘리는 데르발.

"이제부터 시작이야. 앞으로도 나는 자네의 주군으로서 결코 부끄럽지 않게 살 것이야."

"주군……."

데르발에게는 폐하라는 말보다 주군이라는 말을 듣고 싶었다.

내가 힘들 때마다 버팀목이 되어주었던 데르발.

그가 있기에 오늘의 네루만과 내가 있을 수 있었다.

"이제 가도록 하지. 손님들이 기다리겠군."

"네, 주군. 소신이 보좌하겠습니다."

신이 정해주신 운명의 순간.

데르발을 향해 고개를 끄덕였다.

'살 떨리네.'

말이 쉬워 황제의 대관식이지, 강씨 가문 대대로의 영광이 아닐 수 없는 현장.

길게 숨을 들이켜며 앞장을 섰다.

처저저적!

"충!"

방문을 열자 보이는 대기 중인 이십여 명의 네루만 제국 황실 근위기사들.

내 모습이 보이자 절도있는 자세로 군례를 올렸다.

'흐흐흐. 황제 한 번 먹으러 가자고.'

가슴이 떨렸지만 쫄지는 않았다.

나 아니면 그 누구도 이룰 수 없는 파라다이스 건설.

이제 새로운 시작이었다.

"정말 대단하군. 네루만이 이렇게 발전했을 줄이야."

"보고도 못 믿을 광경입니다. 폐허라던 네루만이 이렇게 발전했을 줄이야……."

네루만 제국 선포와 황제 취임식이 벌어지는 네루만 대성의 정문 앞.

황족이나 왕족들이 차지하고 있는 특별석에서 조심스러운 음성이 흘러나왔다.

이곳까지 오면서 보았던 네루만 대로와 넉넉하고 풍요로운 네루만의 모습.

감탄하지 않는 자가 이상하였다.

더군다나 신생 제국임에도 불구하고 라비테르 제국을 삼켜 버린 네루만의 영주였던 카이어.

상급 마족을 통쾌하게 때려죽인 모습을 각국의 스카이나이트들이 보았기에 그를 본능적으로 두려워했다.

대륙에 누가 있어 네루만 제국 황제가 될 카이어를 상대할 수 있겠는가.

더군다나 100년 전 천하를 떨게 했던 금안의 사신 아이달을 스승으로 모시고, 해체된 대륙 각 마탑의 마법사들을 품에 끌어안은 자.

그의 눈 밖에 나면 하루아침에 왕국 하나쯤은 멸망할 것임을 아는 사람은 다 알고 있었다.

"기사들과 병사들의 군기도 장난이 아닌 것 같습니다."

"그렇겠지요. 바즈란과 라비테르 제국과의 전쟁에서도 살아남은 이들이 두려울 것이 있겠습니까."

누구나 벌벌 떨던 대륙의 두 제국과의 전쟁에서 살아남은 네루만의 기사들과 병사들.

드워프들이 제조한 갑옷과 무기들을 들고 질서 정연하게 대관식장을 경호하고 있었다.

"저 백성들의 표정은 어떻습니까. 마치 신이라도 영접하는 존경심이라니……."

"정말 두렵고 무섭군요."

국왕을 비롯해 왕족들이 바라보는 시선은 모두 다 공통되었다.

기사와 병사들뿐만 아니라 대관식장이 보이는 정문의 평야에 앉아 있는 수만 명의 네루만 백성들.

누구 하나 강제적으로 참석하지 않았다는 것을 보여주는 열의와 감동의 모습이 얼굴 표정에 역력했다.

빵빠라, 빠라라라라라라라라랑.

성벽 위에서 들려오는 팡파르의 음률.

"모두 일어나 주십시오. 대네루만 제국의 황제 폐하께서 입장하십니다!"

마나가 담긴 기사의 힘찬 외침.

차자자자작.

기사의 외침에 수다를 떨던 국왕과 왕족, 그리고 각 제국의 황족들이 서둘러 자리에서 일어났다.

끄그그그그그극.

그리고 열리는 네루만 대성의 정문.

저벅저벅.

황제 카이어가 타고 다니는 베베토라는 이종교배 와이번 조각이 양각되어 있는 성문을 열고 나타나는 네루만의 황제.

차자자자장!

푸른 파도와 같은 블레이드가 가득 담긴 검으로 통로를 만드는 수백 명의 기사들.

그렇게 황제가 될 이가 붉은 카펫을 밟고 양옆으로 늘어선 수백 명의 근위기사들의 호위를 받으며 느긋하게 단상을 향해 걸어오고 있었다.

"아……."

"음……."

눈부신 10월 가을 햇살을 받고 등장하는 카이어.

검은 바탕에 황금 줄무늬가 특이한 대관식 복장을 착용하고 황제가 착용하는 피같이 붉은 긴 망토를 끌며 그가 나타났다.

그런 그의 몸에서 풍겨져 나오는 자연스러운 위엄.

불과 얼마 전까지 일개 네루만을 다스리던 백작의 모습은 찾아보려야 볼 수 없었다.

사락, 사라락.

카이어뿐만이 아니었다.

그의 양옆에서 조용히 그를 따라오는 아름답기 그지없는 여인들의 모습.

대륙 그 어떤 여인도 따라올 수 없는 미모를 간직한 여인들이 황비가 입기에 부족함이 없는 개성에 맞는 예복 드레스를 착용하고, 카이어를 보좌하듯 양옆에서 걷고 있었다.

지금껏 단 한 번도 없었던 파격적인 대관식의 장면.

저벅저벅.

사람들의 감탄과 탄성 속에 황제와 여인들은 대리석으로 만든 높은 단상 위에 자리를 잡았다.

"황제 폐하께 예!"

그리고 울리는 성벽 위 기사의 외침.

"추우우우우웅!"

성벽에 도열한 수만 병사와 단상을 경호하는 기사들의 입에서 흘러나오는 힘찬 충이라는 외침.

단단한 네루만 대성의 성벽에 부딪쳐 하늘 위로 울려 퍼졌
다.

　그 광경에 자신도 모르게 네루만 기사와 병사도 아니건만
고개를 깊숙이 숙이는 각 왕국의 왕족과 고위 귀족들.

　압도되어 버렸다.

　카이어라는 이름에 긴장하고 있다가 일순간 터진 충성의
함성에 정신줄을 잠깐 놓아버린 것이다.

　"대관식을 거행하라."

　병사들의 충성 소리가 그친 다음 모두의 귓가에 조용히 울
려 퍼지는 카이어 황제의 묵직한 음성.

　먼 곳과 가까운 곳 모두 똑같이 울리는 그의 목소리에 사람
들은 또 한 번 경외감을 맛보았다.

　소문에 의하면 네루만의 황제가 될 카이어는 인간의 경지
를 넘어선 9서클 마법사, 아니, 마검사의 경지에 올라 있다 하
였다.

　휘리리리리리리리리링.

　명령이 떨어지는 순간 갑자기 단상 위로 부는 작은 바람.

　그리고 바람을 타고 등장하는 듯 한 여인이 수십 명의 각
신전 신관들을 대동하며 나타났다.

　"오! 세상에……."

　"이동 마법으로 등장하다니."

그러했다.

단상 밑에 자리 잡은 이동 마법진의 좌표로 순식간에 이동해서 나타난 이들.

자비의 여신 네르안의 성녀로 불리는 아르미스와 각 신전의 신관들.

푸른빛이 아름다운 성령의 오라를 두르고 마법을 타고 나타났다.

"대관식을 맡게 되어 영광입니다."

아르미스 성녀가 고개를 살짝 숙여 카이어에게 예를 표했다.

"네르안님을 비롯한 여러 신들의 은혜에 고개 숙여 감사하는 바입니다."

자리에서 일어나 성녀와 신관들을 향해 고개를 숙이는 카이어.

당당하였다.

신 앞에서도 결코 기죽지 않는 그의 모습.

사람들은 숨죽이고 대관식의 거행 장면을 지켜보았다.

"어제 신탁이 내려왔습니다."

카이어를 향해 입을 여는 아르미스.

활짝 웃으며 신탁이 내려왔음을 말하였다.

"……?"

황제의 대관식에 신탁이 내려졌다는 말에 사람들의 귀가 쫑긋 세워졌다.

수백 년 역사상 황제의 대관식에 신탁이 내려진 적은 이번이 처음이었다.

"무슨……."

카이어 황제도 궁금한 듯 물음을 던졌다.

"네르안님께서 제 꿈에 찾아와 말씀하시기를… 신들과 약속했던 마음을 잊지 말라 하셨습니다. 그러면 언제까지 카이어님과 네루만 제국과 함께하실 것이라 하셨습니다."

"아……."

아르미스 성녀의 말에 탄성을 지르며 눈을 감는 카이어 황제.

사람들은 그 모습에서 다시 한 번 감탄을 하였다.

신탁을 내려 축복해 주실 정도로 신들의 사랑을 받는 네루만의 황제 카이어.

앞으로 절대 적으로 만들지 말아야겠다는 생각을 모두 하고 있는 것이었다.

'하아, 좌우지간 별걸 다 기억하십니다.'

아르미스의 말에 입맛이 짭짤해졌다.

이미 지나 버린 일들이건만 오래도 기억하는 신들의 마음.

입맛이 썼지만 어쩌겠는가.

내가 신들께 약속했던 절대 충성.

어찌 잊을 수 있겠는가.

신들 덕분에 9서클도 이루고 황제도 되었음을 알고 있는데 말이다.

'응?

대관식이 그렇게 진행되고 있는 사이 저 멀리에서 날아오는 일단의 무리들.

'하르피?

사람들이 많기에 참석하지 않을 것이라 예상했던 엘프들.

그들이 수십 마리의 하르피를 타고 등장했다.

"에, 엘프들이다!"

"헉! 엘프들과 드워프들이다!"

영지민들이야 자주 봤기에 놀라지 않았건만 초대되어 찾아온 손님이라는 자들은 놀란 표정을 지었다.

"카이어 형제! 잠시만 기다리게!"

그리고 들려오는 드워프 루할루메르 족의 족장 카시아르스의 외침.

대관식은 그렇게 잠시 진행이 멈춰졌다.

파락, 파락, 파라라라락.

엘프들이 타고 있는 하르피들이 착륙을 시작했다.

휘이익.

엘프들의 등 뒤에서 성질 급한 드워프 아니랄까 봐 착륙 중에 뛰어내린 카시아르스 족장.

"하하. 아직 늦지 않았군."

내 머리를 보더니 함박웃음을 지었다.

"여기 카이어 형제를 위해 일족들이 준비한 선물이 있네."

선물이라는 말과 함께 손에 들고 있는 고급스러운 은빛 상자를 여는 카시아르스.

번쩍!

상자가 열리는 순간 태양 빛에 눈부시게 번쩍이는 한 물건.

'황관!'

놀랍게도 은빛 상자 안에는 주먹만 한 다이아몬드가 박혀 있는 미스릴과 황금 합금 테두리의 황관이 들어 있었다.

"사제님, 이것을 사용해 주시구려."

단박에 대관식을 집도하는 아르미스를 알아보고 황관을 내미는 카시아르스.

그렇지 않아도 데르발이 황관을 부탁했건만 단시간에 만들 수 없다고 거절했다 들었다.

그런데 생각지도 않는 깜짝 이벤트를 준비한 드워프 일족.

마음이 흐뭇해져 갔다.

'나르미아스, 왜 이제 왔어.'

그리고 보였다.

늦게 도착한 나르미아스.

엘프 특유의 날씬한 몸에 착용한 엘프 에어 플레이트.

무엇을 입어도 어여쁘기 그지없었다.

"푸른 나무의 일족을 대표하여 네루만 제국의 개국과 카이어 황제의 대관식을 축하드리는 바입니다. 앞으로도 영원히 뿌리가 썩지 않는 생명의 나무 같은 제국이 되기를 축원합니다."

파르키아노 장로를 대신하여 축하를 던져 주는 엘프.

곧 장로가 될 엘프임을 나는 알고 있었다.

"찾아와 주서서 감사합니다. 드워프와 엘프 형제님들이시여."

축복에 미소 띤 인사로 답례를 대신했다.

"대관식을 마저 거행하겠습니다. 주신 아데인님이 주신 권능을 이어받은 열한 명의 고귀하신 신의 이름으로 새로이 건국된 네루만 제국의 황제에 카이어 폰 네루만 황제를 신의 이름으로 임명하는 바입니다."

대관식이라지만 그리 거창할 것 없는 자리.

잠시간의 회포가 끝난 후, 엘프들과 드워프가 빙 둘러 있는 가운데 아르미스가 신의 이름으로 황제를 선포했다.

그런 아르미스 앞에 무릎을 꿇고 드워프가 만든 황관을 머리에 얹었다.

생각보다 무거운 황관의 무게.

스르륵.

천천히 자리에서 일어났다.

모든 이들의 뜨거운 시선이 자연스럽게 나에게 향하였다.

그리고 열리는 나의 입술.

"대네루만 제국의 개국을 황제인 카이어 폰 네루만, 짐의 이름으로 선포하노라! 모든 나의 백성들이여! 경배할지어다! 짐과 그대들이 지켜 나갈 위대한 제국이 오늘 모든 신들의 축복 속에 임하였노라!"

격한 내 마음을 아는 듯 자연스럽게 활성화되어 버린 9서클 마나.

천둥소리처럼 온 천지에 울려 퍼져 나갔다.

일순간 정적에 휩싸인 공간.

나의 포효하는 제국 선포에 정신줄을 살짝 놓은 모든 이들.

"네루만 제국 만세! 카이어 황제 폐하 만만세!"

그러나 잠시 후, 언제나 충성스러운 나의 기사 데르발이 손을 번쩍 들어 올리며 격한 목소리로 만세를 외쳤다.

"와아아아아아아아아아! 네루만 제국 만세! 카이어 황제 폐하 만만세!"

"와아아아아아아아아아아아아아아아! 만세 만세 만

만세!"

뒤이어 기사들과 병사들의 환호성.

네루만 제국 역사의 처음부터 함께한 백성들이 눈물을 흘리며 손을 번쩍 들어 올리고 만세를 쉼없이 불러대었다.

쉬이이이이이이이이익.

콰아아아아아아아아아앙! 콰아아아아아아아앙!

그리고 머리 위에서 터지는 마법 불꽃.

어느새 성벽 위에 자리 잡은 네루만 제국 마법사 천여 명.

일제히 마법을 펼쳐 태양보다 더 밝은 수천 송이 마법 꽃을 하늘에 수놓기 시작했다.

'드디어… 황제인가.'

꿈에서도 그리던 파라다이스의 완결판.

어느새 나의 양손은 아르미스와 나르미아스의 손을 잡고 있었다.

하늘을 수놓은 마나의 축복이 분명한 마법 불꽃놀이를 바라보면서……

Chapter 216

지구 귀환

"비밀번호를 가르쳐 주십시오."

"왜? 내가 왜 너에게 나의 알토란 같은 재산을 넘겨줘야 하는데. 난 너랑 볼일없어."

황제의 대관식이 끝났다.

데르발은 대관식을 겸해서 나의 결혼식까지 추진하려 했지만 아직 스무 살도 안 된 내가 결혼은 좀 무리라 생각했다.

어차피 뭇사람들 앞에서 사랑하는 여인들을 공개했기에 다들 불만이 없었다.

'아따, 이 양반이 제법 튕기네.'

그리고 결혼식에 앞서 처리해야 할 지구로의 잠시 귀환.

사부의 도움 없이도 지구에 갈 수 있었지만 문제는 돈.

이곳에서야 더 이상 쓸데없이 돈과 재물이 넘쳐 났지만 지구에서는 내 재산은 아무것도 없었다.

'흐흐. 언제까지 버티나 봅시다.'

한도 무제한의 카드뿐만 아니라 매지션 그룹이라는 사부의 조직도 필요하였다.

"아공간 개방."

사부 앞에서 태연히 아공간을 개방했다.

"어디 있더라……."

아공간이 개방되자 동그랗게 눈을 뜨는 사부.

고서클 마법사에게 있어서 아공간은 아들과 며느리도 몰라야 할 자신만의 비고.

그런 아공간을 자신 앞에서 열어젖히는 나를 건달프 사부는 황당하게 보고 있었다.

"여기 있군."

말과 함께 아공간 한쪽에서 스윽 마법 서적 한 권을 빼내었다.

"사부님 심심하실까 봐 제가 드래곤이 남긴 9서클 마법 서적을 가져왔는데……."

말을 줄이면서 사부 앞에서 아쉬운 듯 입맛을 다셨다.

내 앞에서 대놓고 볼일없다고 밝힌 사부.

9서클 마법 서적이라는 말에 이미 흰자만 보일 정도로 눈이 돌아가 있었다.

"혀, 혁아… 아니, 황제. 왜 이러시는가. 그룹 보안 비밀번호는 지구에 있는 내 마탑에 있는 컴퓨터에다가 00000001을 치면 된다네. 가서 마음껏 쓰게나. 내가 제자를 위해서 아까울 게 뭐가 있겠는가. 하하, 하하하."

애써 웃음을 터뜨리면서도 눈동자는 뼈다귀를 발견한 멍멍이처럼 내 손에 들린 마법 서적에 머물러 있는 사부.

지구에서 쓰지도 못하는 돈보다 내 손에 들린 9서클 마법 서적이 더 가치가 있음을 그도 알고 나도 알고 있었다.

'사부는 안 된다니까. 흐흐흐.'

나의 낚싯줄 미끼를 이미 덥석 물고 걸려 있는 사부.

본인만 모르고 있었다.

9서클에 이르지 않는 한 영원히 나의 밥이라는 것을 말이다.

'그런데 비밀번호 한번 쉽네. 쩝……'

지구에서 엄청난 재산을 굴리는 암중의 재력가치고는 너무나 허술한 비밀번호.

그래도 상관없었다.

일단 내 손에 들어오는 순간 비밀번호를 확 바꿔 버릴 참이었다.

'후딱 다녀와야겠네.'

길고 길었던 3년의 시간.

황제의 대관식도 무사히 끝났고, 네루만의 가을 추수도 끝이 났다.

그리고 데르발과 샤일트, 세들리안 경을 제국의 공작에 임명하였으며, 공을 세운 영지의 기사들에게 작위를 하사하였다.

어차피 땅덩어리가 엄청 넓은 네루만 제국의 새로운 영토.

황제 마음대로 모든 것을 처리했다.

'참나, 여자 마음은 믿을 게 못 된다더니. 라이케르가 오라는 말에 한몫 단단히 챙겨서 가다니.'

그 와중에 제니스 경은 라이케르를 따라 오페른 제국으로 떠났다.

제국의 황후가 될 수도 있기에 라비테르 제국 황성에 숨겨져 있던 보물들 중에서 쓸 만한 것들 몇 개를 선물로 안겨주었다.

"자, 여기 있습니다. 연세도 계시는데 마법 서적 보신다고 너무 무리하지 마시고 천천히 즐기시면서 보십시오. 지구에 다녀오는 동안 제국 마탑을 잘 운영해 주시면 제가 몇 권 더 보여 드릴 수도 있습니다."

"저, 정말이지? 크하하하! 걱정 말거라. 내 너 없는 동안에 네루만 제국을 무사히 보호하고 있을 것이니."

이제는 네루만을 떠나도 별걱정이 없었다.

드래곤과 마족이 나타나지 않는 이상, 그 누구도 넘볼 수 없는 강력한 제국 네루만.

사부의 손에 책을 건네주며 지구에 돌아갈 준비를 마쳤다.

"고향에 다녀오신다고요?"

"응. 시간이 좀 걸릴지도 몰라. 부모님도 뵙고 여러 친족들과 할 얘기도 많을 것 같아."

"네에… 그러시면 다녀오셔야죠."

대관식이 끝나고 아르미스를 제외한 대부분 여인들이 자신들의 본거지로 돌아갔다.

내년이 지나서 대대적인 결혼식을 올릴 것이라는 암시를 주었기에 불만없이 사라진 여인들.

아마도 나에게 시집오기 위하여 집안 기둥 하나씩은 아무도 모르게 뽑고 있을 것이었다.

"걱정 마. 길어야 한 달도 안 될 거야."

"네. 전 걱정하지 마세요."

고향에 간다는 말에 더 이상 대꾸를 하지 않고 싱긋 웃어주는 아르미스.

애써 걱정하지 말라며 나를 따스한 눈동자로 응시하였다.

'에구! 우리 이쁜이, 좀만 참아. 오빠가 후딱 다녀올 테니.'

나도 아쉬웠다.

오붓하게 나의 파라다이스에서 뭇 여인들과 행복한 인생의 즐거움을 누리고 싶었다.

하지만 이제는 한 번쯤 부모님을 뵙고 올 때가 되었다.

아무리 사파리 육성 시스템으로 자란 나였지만 자식을 걱정하는 부모의 마음은 알고 있었다.

사라락.

이제는 거리낄 게 없는 일상.

아르미스를 품에 안았다.

이렇게 안고만 있어도 좋은 여인.

이 순간 느끼는 행복감이 지금 내 삶의 전부였다.

파아아아아아앗!

"우웩!"

눈을 감아도 보이던 마나의 엄청난 광채가 사라졌다.

그리고 울렁거리는 속을 뒤집고 나오는 물질들.

손으로 입을 막으며 천천히 눈을 떴다.

"하아……."

마나 빛 때문에 느릿하게 돌아오는 눈의 시력.

그리고 눈동자에 보이는 너무나 익숙한 공간.

"와, 왔다!"

아무 이상 없이 차원을 건너뛰어 도착한 지구.

건달프 사부에게 사육당하던 아이슬란드의 지하 벙커.

사부도 없건만 전원은 계속 공급되어 있었고, 클리어 마법진 덕분에 먼지 하나 없이 깨끗하였다.

"흐흐흐… 지구에 도착했다. 드디어 지구에!"

처음에는 얼마나 오고 싶었던 곳인가.

하지만 이제는 고향이라는 의미와 부모님이 계시는 곳이라는 의미가 더 강했다.

"쳉리, 네놈부터 아작 내주겠어."

사부의 제자 자격을 박탈당한 삼합회 똘마니.

감히 어설픈 마법 따위로 내 배에 구멍을 뚫어놨던 생생한 기억을 나는 잊지 않았다.

은혜는 잊어도 되지만 고통을 준 자는 절대 잊지 말라는 강씨 집안의 정직이라는 가훈 중의 한 구절.

애써 잊고 있었던 지구에서의 기억이 폭발하듯 일어났다.

"일단 중앙 컴퓨터에 접속해서 사부의 계좌를 확인해야지. 흐흐흐."

9서클 대마법사가 된 이후로 한껏 여유로워진 마음.

콧노래를 흥얼거리며 사부가 언제나 자리 잡고 있던 컴퓨터 앞에 앉았다.

과거 이곳에 있을 당시에는 감히 범접치도 못했던 자리.

사부가 언제나 틀어놓고 있던 지구 각국의 방송들은 오늘도 수십 개의 티비를 통해 방영되고 있었다.

"여기 있군."

21세기 대한민국 고삐리라면 모두들 다룰 줄 아는 컴퓨터.

영어 윈도우로 구동되는 사부의 대형 모니터 화면에서 쉽게 머니라 쓰여 있는 폴더를 찾아내었다.

타닥.

두 번 클릭하자 나타나는 패스워드 창.

가볍게 00000001을 입력했다.

팟.

패스워드가 입력되자 보이는 단어들.

"헉! 이, 이게 뭐야?"

폴더는 머니라 되어 있건만 그 안에 들어차 있는 하위 폴더들에는 백여 개가 넘는 은행들의 계좌가 적혀져 있었다.

뿐만 아니라 셀 수도 없는 기업들의 이름들이 망라되어 있었으며 기업을 클릭하자 일목요연하게 보유지분이라는 말과 함께 그래프가 생성이 되었다.

"이, 인텔 지분 14%! 코카콜라 18%… 월마트 22%, 엑슨 모빌 30%……."

생성된 기업명과 보유지분 현황을 보고 할 말을 잃어버렸다.

세계 100대 기업들 중에 주식을 보유하지 않은 곳이 단 한 곳도 없는 사부의 주식 계좌.

놀랍게도 한두 곳의 투자 회사가 아닌 수십 개의 명의로 분산 투자되어 있었다.

"미쳤군. 이렇게 많은 재산을 뭐 하려고 모은 거야?"

사부가 마법 지식을 통하여 21세기 지구에 지대한 공을 세우고 돈을 제법 번 줄은 알고 있었지만 이 정도 갑부일 줄은 상상도 못했다.

"그럼 이건 또……."

주식계좌 말고 본격적으로 열기 시작하는 은행 계좌.

그중에서 스위스 은행의 계좌 하나를 클릭했다.

"엥?"

그리고 보았다.

숫자라는 것이 얼마나 허망한 개념이라는 것을.

"일, 십, 백, 천, 만, 십만, 백만, 천만, 억, 십억, 백억? 그것도 달러?"

무려 백억 달러가 조금 넘는 돈이 입금된 스위스 계좌.

다른 계좌는 열어볼 것도 없었다.

지금 파악한 규모만으로도 지구를 거의 들었다 놨다 할 수 있는 재정.

마음만 먹는다면 어지간한 선진국 하나쯤은 하루만에 금융으로 융단 폭격할 수 있는 무시무시한 재화였다.

"제대로 미쳤네. 늙으면 관 하나 메고 가기도 힘들 판에 뭐 이리 쟁여놨어?"

어지간한 돈이라야 흥미가 생기지, 이건 당최 상대할 수 없는 단위.

사실 그렇다고 해서 심장이 심하게 놀랄 정도는 아니었다.

칼리얀 대륙에서는 지금의 지구에서 사부가 싸놓은 재화를 넘어서는 부와 명예를 거머쥔 나였다.

더욱이 국왕도 아니고 황제.

이 정도로 기죽을 내가 아니었다.

"흐흐, 그럼 잘 한번 사용해 볼까."

사부가 불려놓은 재산.

제자인 내가 마음껏 사용해 줄 작정이었다.

"여기 있는 전화를 들면 바로 연락이 됐지."

컴퓨터 옆에 있는 전화기 한 대.

사부가 나에게 마법 지식을 전수해 주기 전에 능수능란한 외국어를 사용하여 대화를 하던 장면이 생각났다.

스륵.

전화기를 집어 들었다.

뚜우우, 뚜우우, 뚜우우.

딸깍.

정확히 세 번이 울리더니 상대방이 전화를 받았다.

"마스터, 무슨 분부십니까."

'엥? 이 목소리는!'

수화기 너머로 들려오는 차분한 여인의 목소리.

"레이디 마르소?"

"…미스터 혁?"

영어로 묻는 내 말에 불어로 답하는 마르소.

'오예!'

마르소의 목소리가 들려오자 생각나는 한 장면.

지중해 리조트에서 보았던 마르소의 여신 몸매.

얼굴이 화끈 달아올랐다.

"하하. 오랜만입니다, 마르소."

"와우! 정말 오랜만이에요, 혁."

내 반가움에 비례하는 마르소의 환대.

"스승님이 저에게 매지션 그룹의 모든 전권을 위임하셨습
니다. 그렇기에 마르소의 도움이 필요합니다."

"호호, 걱정 마세요, 혁. 아니, 새로운 마스터. 제가 도울 일
이 있다면 적극 돕도록 하겠습니다."

모든 전권을 위임받았다는 소리에 의심 하나 품지 않고 나

를 도와주겠다고 나서는 마르소.

역시 여복 하나는 타고난 것 같았다.

"그럼 제가 부탁하는 놈을 찾을 수 있습니까?"

"네, 매지션 그룹의 정보력은 세계 최강이라 불리는 이스라엘의 첩보 특별 공작국 모사드보다 정확하고 빠르답니다."

"그래요. 후후."

마르소의 말에 입가에 지어지는 차가운 미소.

"이름은 쳉리. 사는 곳은 알지 못하지만 삼합회의 중요한 보스 급 정도의 인물입니다. 40대 중반으로 이마에 진한 화상 흉터가 있습니다."

사부에게 들었던 놈의 이름.

"네. 바로 알아보겠습니다, 마스터."

"아, 그리고 여기 메인 본부에서 이동할 수 있는 헬기 부탁합니다. 내가 타고 다니던 자가용 비행기하고… 한도 무제한 카드도 말입니다."

"네, 마스터. 지금 즉시 준비하겠습니다."

성격 까칠한 건달프 사부가 일을 맡길 정도라면 일 처리 능력 하나는 타고났을 마르소.

속 시원하게 마스터라 말하며 지금 즉시 준비하겠다 보고를 하였다.

'호호호… 쳉리, 조금만 기다려라. 이 형님이 가신다.'

내 아랫배를 칼로 쑤시며 잔인하게 나의 고통을 즐기던 놈의 징그러운 얼굴.

놈을 같은 하늘 아래 놓아두고 숨 쉬는 자체가 용서되지 않았다.

"이 바보 멍청이! 빵꾸똥꾸야!"

그때 켜놓은 위성 수신기 티비에서 들려오는 낯익은 단어.

고개를 돌렸다.

그리고 보았다.

수십 개 티비들 중에서 가장 하단부에 설치된 대형 화면에 모습을 드러내는 대한민국의 방송.

나는 나도 모르게 티비에 빠져들어 갔다.

그리고 잠시 후 빵꾸똥꾸의 의미를 알 수 있었고, 이내 얼굴은 딱딱하게 굳었다.

정말 사랑하지 않으려야 않을 수 없는 건달프 사부.

칼리얀에 돌아가면 반드시 뜨겁게 오늘 느끼는 이 사랑(?)을 전해주리라 마음먹었다.

챙그랑.

대륙까지 진출하여 요즘 최고의 전성기를 구축하고 있는 삼합회의 세 수장 중 한 명인 쳉리.

손에 들고 있던 유리잔이 미끄러져 대리석 바닥에서 산산이 박살이 났다.

"……."

오랜 시간 무공을 수련하고 마법까지 알고 있는 그였기에 이런 조그만 실수는 평소에 일어나지 않았다.

더군다나 오늘은 삼합회 보스 급들이 홍콩에서 회동을 갖기로 한 날.

물을 마시다 벌어진 작은 일이었지만 쳉리는 마음이 불편해졌다.

대륙 정치권과 연이 닿아 삼합회의 성세가 최고를 구사하는 이때.

무언가 불길함이 가슴을 스치고 지나갔다.

"후후, 이제 나도 늙었는가."

아무리 삼합회 두목이 되어도 어찌할 수 없는 아이슬란드에 짱 박혀 있는 늙은 대마법사.

놈의 제자 배에 칼침을 놓은 지가 벌써 상당한 시간이 지나가고 있었다.

하지만 아직도 찝찝하였다.

마지막 놈의 배에 칼을 꽂는 것까지는 좋았지만 갑자기 뿅 하고 사라진 강혁이라는 놈.

수소문한 바에 의하면 그날 이후로 대한민국을 비롯한 그 어느 곳에서도 모습을 보이지 않았다.

"오늘 일만 마무리되면 당분간 쉬어야겠어."

일 년에 한 번씩 회동하는 삼합회 각 조직 보스들의 모임.

일만 잘 해결되면 조용한 곳에서 한두 달 쉴 생각을 하였다.

삐리리리.

쳉리의 사무실에서 울리는 인터폰 소리.

틱.

수화기를 드는 쳉리.

"마스터, 출발하실 시간입니다."

"알았다. 차 대기시켜."

"알겠습니다, 마스터."

부하에게 지시를 내리며 느긋하게 즐겨 입는 가죽 잠바를 걸치는 쳉리.

그 안에는 언제나 착용하고 있는 나노 합금으로 만든 방탄복이 자리 잡고 있었다.

"잘 다녀오세요, 혁."

"고마워요, 마르소."

이스라엘 정보기관보다 더 뛰어나다던 매지션 그룹의 정보망.

딱 세 시간 만에 쳉리의 정보를 소상하게 파악하였다.

그리고 나는 헬리콥터를 타고 내 전용기가 대기하고 있는 아이슬란드 레이캬비크 국제공항에서 오랜만에 A380비행기에 오를 수 있었다.

물론 비행기에 오르자마자 나는 대기하고 있던 마르소와 상봉하였다.

세월이 제법 지났기에 얼굴의 피부가 살짝 늘어졌다는 느낌이 들었지만 아직도 쭉쭉 빵빵한 마르소.

내 볼에 뽀뽀를 하며 열렬히 나를 환대해 주었다.

그렇게 마르소와 비행기를 타고 도착한 홍콩.

공항에 도착하자마자 면세점에서 내가 입을 옷을 구해왔고, 난 여권 검사도 없는 외교관 루트로 첵랍콕 국제공항을 벗어날 수 있었다.

'칼리얀과 몇 달 정도의 계절 차이군.'

차원의 시간과 공간 차이로 인하여 정확한 날짜는 계산할 수 없지만 내가 지구에 오기 전까지 칼리얀 대륙은 전형적인 가을이었다.

하지만 지금 지구는 1월의 계절.

갑작스러운 한파로 대한민국에 폭설과 함께 맹추위가 몰아쳐 왔다고 마르소가 알려주었다.

'춥지는 않네.'

청바지에 반팔 면티와 그 위에 걸친 알 만한 사람은 다 안다는 알마니 티셔츠와 푸른 색감의 재킷을 걸치고 나온 공항 밖.

온도는 15 정도로 한국의 가을 날씨에 비견할 만했다.

끼이익.

공항 밖에 나가자 내 앞에 서는 선팅 진한 대형 볼보 리무진 한 대.

"마스터, 오르십시오."

선글라스를 낀 30대 중반의 남자가 나에게 타라 하였다.

'마르소, 타고난 비서 체질이라니까.'

모든 것을 철저하게 준비하는 마르소.

만약 칼리얀에 내 사랑하는 여인들이 없다면 평생 비서로 고용시켜 볼 의향이 있을 정도로 멋진 여자였다.

탁.

남자가 뒷문을 열어주었다.

스르륵.

고맙다는 말도 없이 조용히 차 안에 탔다.

마스터라는 위치는 보통 그런 것.

남자는 불만없이 운전석에 앉았다.

"놈이 있는 곳으로."

"네, 마스터."

이미 얘기를 들었던 듯 내 말에 고개를 끄덕이는 남자.

부우웅.

차는 듣기 좋은 배기음을 뿜으며 출발하였다.

오늘 제삿날이 될 놈을 향하여.

✤ Chapter 217

따거

‘호오, 대단한 경비군.’

나를 태운 차가 향한 곳은 홍콩의 명물 빅토리아 항구.

그리고 저 멀리 한 척의 거대한 초호화 유람선이 정박해 있
었다.

“마스터, 그룹 보안대가 대기 중입니다. 명만 내려주십시
오.”

‘보안대? 그건 또 뭐야.’

마르소에게서 듣지 못했던 그룹 보안대.

“믿을 만한가?”

"물론입니다. 세계 각국의 특전사 부대에서 고르고 고른 인재들입니다. 지금 홍콩에 대기 중인 50명의 인원이면 저따위 삼합회 놈들은 한순간에 쓸어버릴 수 있습니다."

마이클이라 불리는 선글라스 남자.

마나의 기운은 없어도 근육이 잘 다져진 몸이 인생 쉽게 살아온 이가 아니라는 것을 증명하고 있었다.

"아니다. 여기서 대기하도록."

철컥.

"마스터, 혼자서는 위험합니다."

나를 걱정해 주는 마이클.

"한숨 푹 자고 있으라고. 슬리핑."

그룹 인물에게도 보여줄 수 없는 나의 능력.

슬리핑 마법을 펼쳐 가볍게 마이클을 재워 버렸다.

"인비지빌리티!"

그리고 이어지는 마법 영창.

서서히 어둠이 내려앉고 있는 항구 한쪽에서 짧은 마법 광채가 빛났다.

하지만 딱 거기까지.

이내 내 몸은 완벽한 투명 상태가 되었다.

'쳉리, 오늘 왕 피똥 쌀 줄 알아라.'

사부에 대한 원한을 나에게 푼 쳉리.

결코 가문의 이름으로 용서할 수 없었다.

"우리 상해 흑사회는 올 한 해 동안 작년의 두 배가 되는 성과를 올릴 수 있었습니다. 부동산 붐을 타고 뿌려진 주인 없는 돈들을 착실한 사업으로 긁어들였습니다. 조직원도 1,100명에서 2,000여 명 가까이 늘어났으며, 서기장을 비롯한 여러 고위 관료들과의 친분도 각별하게 신경 쓰고 있습니다. 그리고 올해 연합회 회비로 1억 위안을 낼 생각입니다."

상해 흑사회를 이끌고 있는 보스 탕진펑이 가슴 당당하게 사업보고를 간략하게 마쳤다.

대륙에서도 북경보다 더 큰 경제권을 소유하고 있는 상해.

경제가 커진 만큼 조폭들의 수입 또한 기하급수적으로 늘었다.

"수고가 많았소이다, 탕진펑 보스."

삼합회를 이끌고 있는 세 명의 용두 중에 한 명인 쳉리가 자랑스럽게 말을 하는 탕진펑을 향해 만족한 미소를 보냈다.

청나라 말 반청복명의 기치를 내건 천지회에서 변질되어 지금까지 내려오는 삼합회.

대륙의 신흥 조폭들은 유서 깊은 삼합회에 들어오는 것을 명예로 생각했기에 최근 이십 년 사이에 대부분의 본토 조폭들이 삼합회 회원으로 가입했다.

그리고 이렇게 일 년에 한두 차례씩 모임을 가지며 자신들의 업적을 자랑하며 회비 납부하는 것을 최고의 기쁨으로 여겼다.

'병신 같은 놈들.'

상해 흑사회를 마지막으로 올해 사업보고가 끝났다.

이곳에 모인 100여 명의 각 조직 보스들.

그들이 회비로 낸 돈만 해도 약 50억 위안.

일반인들에게는 엄청난 돈일지는 몰라도 중국의 지하 세계를 움직이는 이들에게는 그리 큰 돈은 아니었다.

하지만 돈보다도 중요한 조직들 간의 화합.

삼합회는 이들을 이용하여 자신들에게 필요한 이익을 최대한 끄집어내었다.

어차피 대형 조직이라도 일 년에 서너 개씩은 사라지고 십 년이면 이곳에 모인 자들 중 반절 정도가 배신이나 당국의 체포에 걸려 운명을 달리했다.

그러나 삼합회는 쉬이 변하지 않았다.

"무슨 일이든 맡겨만 주십시오. 우리 상해 흑사회는 삼합회의 명령을 목숨처럼 따를 것입니다."

"고맙소이다, 탕 보스."

삼합회를 이끌고 있는 세 명의 용두 중에서도 최고 위치에 오른 쳉리.

　나머지 다른 두 명의 용두는 힘에 밀려 쳉리 양옆에 앉아 있을 뿐이었다.

　"앞으로 세계는 과거 세상을 지배했던 원 제국처럼 우리 중국에 의하여 다스려질 것이오. 그리고 세상의 암흑세계는 그런 대국를 보이지 않는 곳에서 밑받침이 될 우리 형제들 것이 되어야 할 것이오. 그 점을 명시하고 지금 추진 중인 한국과 일본, 그리고 동남아시아를 비롯한 전 세계에 건설되었거나 건설되고 있는 차이나타운을 이용한 세력 확장에 우리 어둠의 형제들은 서로를 도와 물심양면으로 지원해야 할 것이오."

　과거처럼 멍청하지 않는 조폭들.

　반청복명의 기치 아래 수백 년 동안 살아남은 천지회의 뿌리인 삼합회는 그렇게 세상의 어둠 속에서 암적인 존재로 커져 있었다.

　"회의를 끝마치면 조촐한 연회가 준비되어 있소. 오늘 하루만은 마음껏 마시고 즐기며 일 년 동안의 노고를 치하합시다."

　조용히 마무리되는 회의.

　조촐한 연회라지만 오늘 준비된 연회에는 대륙과 홍콩, 그리고 아시아의 내로라하는 미모의 여자 연예인들이 대기하고 있었다.

　그뿐만 아니라 쾌락을 위해서 온갖 것들이 준비된 유람선 내부.

그 중독성에 보스들이 분기별로 모이자는 말을 꺼낼 정도였다.

'잘 마무리되겠군. 흐흐흐.'

쳉리는 이곳에 오기 전에 깨졌던 유리잔의 불길함이 날아가는 기분을 맛보았다.

"그럼, 회의를 끝마치도록 하겠소이다. 회의에 불만이 있거나 이의가 있는 보스들은 마지막 발언을 해주시오."

의례적인 회의의 종결.

여태껏 불만을 제기했던 이는 손에 꼽을 정도였고, 그런 자들은 일 년 안에 소리도 없이 사라져 버렸다.

흐뭇한 미소를 지으며 회의장 안을 바라보는 쳉리.

누구 하나 이의를 제기하는 이가 없었고, 대부분 빨리 쾌락의 연회장으로 가고 싶어하는 표정을 짓고 있었다.

"그럼 회의를……."

"잠깐! 이의있소이다."

"……!!!"

회의를 마치려는 쳉리의 말을 끊고 들려오는 낭랑한 한마디.

이의있다는 말에 순식간에 긴장감이 휘몰아치는 회의장.

보스들은 황급히 분위기를 망친 이를 찾아 고개를 돌렸다.

"누가 이의가 있소이까."

얼굴이 팍 굳어지며 조용하게 목소리를 까는 쳉리.

순간 보스들의 얼굴이 굳어졌다.

살인에 미친개라 불리는 삼합회의 실질적인 주인 쳉리.

과거 반란을 일으킨 조직원 수십 명 정도를 혼자 때려죽였다고 알려진 쳉리는 잔혹하고 강한 자였다.

그런 그가 살기를 풍기고 있었다.

"……."

조용해진 회의장.

아무도 입을 열지 않았다.

"지금 나하고 장난을 하자는 것인가."

차갑게 화를 내는 쳉리.

예리한 눈으로 보스들을 훑어보았다.

"넌 지금 이게 장난으로 보이냐? 쪼다 같은 놈."

그때 다시 회의장을 울리는 목소리.

"누구야! 어떤 새끼야!"

더러운 성질을 참지 못하고 버럭 소리 지르며 가죽 의자에서 벌떡 일어나는 쳉리.

하지만 그 누구 하나 앞으로 나서지 않았다.

아니, 어디서 들려오는지 위치를 파악할 수 없었다.

"꿇어, 새꺄!"

퍼억!

콰다다당.

“컥······.”

자리에서 벌떡 일어난 쳉리의 뒤통수에 가격되는 묵직한 충격.

쳉리는 순식간에 자리에서 튕겨져 나가 바닥에 나뒹굴었다.

사삭.

비명을 지르며 넘어지는 순간에 품에 간직한 소도를 꺼내는 쳉리.

“누, 누구냐!”

“어떤 새끼야!”

차자장!

놀란 보스들이 서둘러 자리에서 일어나며 품속에 지니고 있는 무기를 꺼내 들었다.

“푸하하하! 그깟 사시미로 뭘 어쩌겠다고?”

중국 대륙을 지배하는 암흑 보스들 앞에서 박장대소로 응대하는 보이지 않는 적.

“헛!”

“저, 저 새끼는 뭐야!”

어느새 나타난 것인가.

태연하게 쳉리가 앉았던 검은색 가죽 의자에 편하게 앉아 있는 놈.

아직 이십대도 안 돼 보이는 놈은 겁도 없이 대륙 조폭 보스들을 가소롭다는 듯이 바라보고 있었다.

"거 참, 짱개들 시끄럽네."

그리고 던지는 폭탄 발언.

정통 북경식 본토 발음으로 중국인들을 모욕하는 짱개들
이라 말하는 미친놈.

"죽여!"

"저 새끼가!"

옆에 앉아 있던 삼합회 용두들도 눈치채지 못할 정도로 자
리를 차지하고 있는 자.

그런 자를 향하여 근방에 있던 보스들이 사시미를 비롯한
손도끼와 각종 흉기를 들고 달려들었다.

"새끼들, 일찍도 뒈지고 싶은가 보네."

조용히 귀에 울리는 놈의 차가운 음성.

번쩍!

갑자기 눈을 뜰 수 없을 정도로 회의장 안을 밝히는 빛의
폭풍.

달려들던 자나 보고 있던 자들 모두 자신도 모르게 눈을 감
았다.

퍼버버버버버벅.

"크아아아아아악!"

"컥!"

연달아 울리는 묵직한 타격음과 비명.

망막에서 빛의 잔상이 사라지자 서둘러 상황을 파악하는
보스들.

"헉……!"

"저, 저럴 수가……!"

입을 헉 하고 벌리는 보스들.

아주 찰나의 순간이었건만 미친놈에게 달려들던 다섯 명
의 보스들이 바닥을 기고 있었다.

그것도 어디가 부러진 듯 제대로 몸을 움직이지도 못하고
말이다.

"네… 네놈은!"

그 와중에 몸을 뒤로 빼고 나타난 미친놈을 보던 쳉리.

낯익은 놈의 모습에 화들짝 놀라고 말았다.

'저놈이 어떻게!'

갑자기 벌어진 일에 정신을 수습하기 힘든 쳉리.

하지만 지난 수십 년간 생사의 고비를 수없이 넘긴 그였기
에 정신을 추슬렀다.

'마, 마법.'

그리고 답은 명확했다.

지금 이곳·빅토리아 항구의 유람선 바깥과 내부에는 약

500명의 조직원이 중무장을 하고 경계를 서고 있었다.

홍콩에 주둔하는 중국군 사령관과 치안 총수, 그리고 상급 권력자들 또한 대부분 자신들에게서 뇌물을 받았기에 알게 모르게 주변에서 경비를 서주고 있었다.

그런데 미친 노인네의 제자가 귀신같이 스며들어 왔다.

그렇다면 결론은 마법.

그것도 인비지빌리티 마법 같은 상위 마법을 펼칠 수 있는 마법사가 분명했다.

'그때 확실히 숨통을 끊어놨어야 했는데.'

이를 갈며 강혁이라는 놈을 죽이지 못한 것을 한탄하는 쳉리.

마음이 급했다.

놈이 상급 마법사로 판명난 이상 이곳에 있는 놈들은 아무런 도움이 되지 못했다.

'후퇴한다.'

그리고 내린 결론.

비겁하지만 이곳에서 놈에게 당할 수는 없는 법.

"놈은 하나다. 모두 공격하라!"

멍청하게 놈의 실력에 겁을 먹고 있는 보스들에게 명령을 내리는 쳉리.

쉬이이익.

손에 들고 있는 단도에 마나를 집어넣어 놈에게 던졌다.

타닥.

그리고 입구를 향해 몸을 빼는 쳉리.

이런 위기감각이 있기에 지금 이 자리에 있을 수 있었다.

'웃기는 짬뽕이군.'

짧은 순간에 주제를 파악하고 도망치는 쳉리.

그러나 그것은 어디까지나 놈의 착각.

"락!"

이미 사일런스 마법이 걸려 있는 문을 향해 가볍게 마법 영창을 외웠다.

지이잉!

나의 영창에 연회장으로 들어서는 두 개의 문이 파란 빛을 잠깐 뿜었다.

팅!

그리고 놈이 날린 마나가 담긴 칼은 오토 실드에 부딪쳐 힘없이 바닥에 떨어졌다.

덜컹.

그사이 문까지 다다라 문을 열려고 용을 쓰는 쳉리.

"어이, 친구들. 저놈 좀 봐. 너희들에게는 공격하라고 하고서 혼자 살라고 도망치잖아."

내 말에 일제히 문을 열려고 안간힘을 쓰는 쳉리를 바라보는 짱개 보스들.

"그, 그게……."

열리지 않는 문을 열려다가 내 말에 고개를 돌리던 쳉리가 자신에게 쏟아지는 의문과 분노의 눈길에 얼굴색이 급 하얗게 변하였다.

"와아, 저 새끼 완전 나쁜 놈이야. 어떻게 의리에 살고 의리에 죽는 형제들을 버리고 혼자 도망치려고 해? 나 같으면 저런 놈은 백만 대 때려주고 한 대 더 때려준다."

가죽 의자에 앉아 살살 보스들과 쳉리를 이간질시켰다.

내 말이 더해질수록 쳉리를 바라보는 보스들의 험악한 눈길.

"자네는 누구인가."

그때, 내 옆의 가죽 의자에 앉아 있던 삼합회 보스 급 늙은 이가 내 정체를 물어왔다.

"나? 황제. 대네루만 제국을 다스리는 황제가 바로 나야."

태연하게 진실을 말해주었다.

"이곳에 어찌 들어왔는지 몰라도… 죽어줘야겠군."

쳉리와 달리 주제 파악을 아직 못한 노친네들.

'얼라리요? 마나가 느껴지네.'

자리에서 일어나 나를 보는 양쪽의 노인네들.

그들의 몸에서 하급 기사 급 정도의 마나가 감지되었다.

"그래요? 그럼 한번 죽여보쇼. 여기가 제대로일 거요."

말과 함께 자리에서 일어나 상체를 걷어 명품 복근이 숨 쉬는 아랫배를 보여주었다.

아직도 희미하게 남아 있는 쳉리가 남긴 흉터.

"미친놈."

팟!

3미터 정도 떨어져 있던 백발의 단발머리 짧은 키의 짱개가 20센티 정도 되는 칼을 휘둘러 왔다.

'미치기는 네놈이 미쳤지. 흐흐흐.'

겁도 없이 9서클 대마법사에게 달려드는 짱개 조폭.

카아앙!

"헉!"

쇳소리 울리는 소리와 함께 놀라는 놈.

"다 때렸나?"

"……"

내 물음에 공포에 젖은 놈.

"그럼 이제 좀 맞자."

씨익 입가에 미소를 짓는 나.

내 앞에 찌르던 자세 그대로 서 있는 짱개 조폭 놈의 면상을 향해 뻗어가는 주먹.

퍼억!

“켁……."

주댕이 부분이 함몰되며 비명을 지르며 주저앉는 놈.

쉬익!

빠각.

그런 놈의 턱주가리를 그대로 걷어차는 오른발.

쉬이이익.

콰다다다당.

5미터 정도를 날아가 그대로 벽에 부딪치며 쓰러지는 놈.

아무런 비명도 지르지 못하고 움직임도 없었다.

그러나 놈에 대하여 미안한 마음은 전혀 없었다.

세상을 위하여 사라져도 별문제없는 인간 기생충들.

차라리 죽어주는 것이 지구 평화와 대한민국 통일(?)에 도움이 될 것이었다.

“자, 그럼 슬슬 시작해 볼까. 누가 누가 오래 버틸 수 있는 개깡이 있는지 말이야."

우두둑.

주먹으로 먹고산 놈들이기에 지금 내가 자신들이 절대 어찌할 수 없는 분인 걸 깨달은 놈들.

얼굴이 새카맣게 변하는 모양이 봐줄 만하였다.

찌지지지지지지지지직.

퍼버버버버버벅.

"크허어어어어억!"

"아아아아아아아악!"

회의장 안이 난리가 났건만 밖에서 아무런 인기척이 없었다.

"으으으……."

자신을 제외한 100여 명의 보스들이 마법에 당하는 꼴을 보며 쳉리는 정신이 돌기 일보 직전이었다.

누가 미친 늙은이 제자가 아니랄까 봐 인정사정이 없었다.

매직 미사일에 얻어터지는 것은 차라리 축복받은 일.

윈드 스피어에 복부를 얻어맞고 며칠 전 먹었던 음식물과 피를 토하는 놈, 에어 볼 마법에 맞아 얼굴이 풍선처럼 부풀어 오른 놈, 라이트닝 마법에 격중당해 수십 초 동안을 전기 고문당하다 게거품을 물고 쓰러지는 놈들까지.

온전하게 놈의 공격을 피한 자가 하나도 없었다.

파스스스스스스.

볶고 지지고 두들겨 패고, 날려 버리는 놈의 마법에 순식간에 정리된 회의장.

모락모락 고기 타는 냄새가 안을 가득 메웠다.

"클리어."

그러자 가볍게 클리어 마법을 펼쳐 공기를 정화시켜 버리는 놈.

‘고, 고서클 마법사다.’

4서클을 소유했지만 3서클 마법까지밖에 모르는 쳉리.

지금 강혁이라는 자가 얼마나 높은 경지에 도달했는지 전혀 감을 잡지 못했다.

다만 오늘 살아서 내일 해 뜨는 광경을 볼 수 있을지 의문만 들 뿐이었다.

탁탁.

“자식들, 한 따까리도 안 되는 것들이 개폼을 잡고 지랄이야.”

참으로 입도 거친 놈.

손을 털며 쳉리를 바라보았다.

입가에 사람 좋은 미소를 짓고서.

“어이, 사형. 이제 우리 둘만 남았네.”

생글거리는 웃음을 지으며 사형이라 부르는 놈.

쳉리는 몸을 부르르 떨었다.

사람 한두 번 죽여본 자신은 게임도 되지 않을 잔혹함과 여유를 가진 자.

놈은 그 어디에서도 자신의 상대가 아니었다.

털썩.

“사, 살려줘, 아니, 살려주십시오! 제발 이번 한 번만 용서해 주시면 다시는 나쁜 짓을 하지 않겠습니다! 사제님! 제발 불쌍한 저를 용서해 주십시오!"

삼합회의 수장에 오르기까지 오직 강함만을 추구하지 않았다.

상대가 강할 때는 발이라도 핥아줄 자세로 복종의 모습을 보이기도 했다.

과거 마법사 사부에게서 생명을 구할 때도 이마가 찢어질 정도로 목숨을 구걸해 본 쳉리.

한두 번도 아니기에 무릎 꿇는 것에는 아무런 마음의 부담도 없었다.

다만 이 순간의 위기를 벗어나 목숨을 부지하고 싶은 욕망뿐이었다.

"어, 벌써 포기하는 거야? 에이, 이러면 재미없지. 예전에 내 배에다 구멍 낼 때를 생각해 봐. 남자가 이렇게 쉽게 무릎 꿇으면 안 되지. 그것도 대삼합회의 대장이 말이야. 흐흐흐."

고개를 숙였건만 놀리기만 하는 놈.

'죽일 놈. 오늘의 수모는……'

속으로 입술을 깨물며 수모를 참는 쳉리.

저벅저벅.

그런 쳉리에게 다가오는 놈.

그때 오른손 밑, 탁자의 그림자에 가려 떨어져 있는 누군가의 권총.

‘아무리 고서클 마법사라 해도…….’

아무리 봐도 그냥 둘 것 같지 않은 놈의 모습.

쳉리는 갈등했다.

용서해 주지 않으면 놈을 죽이면 그만.

“쳉리 사형, 그만 일어나지. 남자라면 맞아도 서서 맞아야지.”

가깝게 다가오는 놈.

‘죽엇!’

갈등하던 쳉리는 재빠르게 권총을 잡아 놈의 아랫배를 향해 방아쇠를 당겼다.

탕!

실내를 울리는 요란한 총소리.

“컥!”

귓가에 들려오는 놈의 비명.

“흐흐흐… 애송이 놈. 감히 그깟 마법을 믿고…….”

배를 움켜쥐며 비명을 토하는 강혁의 모습에 만족한 웃음을 터뜨리는 쳉리.

하지만 다음 말을 잇지 못했다.

총에 맞고도 아무렇지 않게 얼굴에 웃음을 짓고 있는 놈.

“크크크. 내 연기 어때? 너도 깜빡 속았지?”

말과 함께 배를 움켜잡고 있던 오른손을 천천히 펴는 강혁.

"헛……!"

놀랍게도 놈의 오른손에는 찌그러진 탄환이 들어 있었다.

"이제 마지막 발악도 다 끝난 것 같군. 그럼 시작해 볼까. 너를 위하여 지난 몇 년 동안 생각해 뒀던 108가지 마법 고문을 말이야. 크크크."

철컹.

바닥에 떨어지는 총.

그리고 시작되었다.

삼합회 용두라 불리던 쳉리가 태어나 처음으로 겪어본 죽어서도 잊지 못할 마법 고문 108가지가 화려하게 펼쳐지기 시작했다.

지지지지지적.

살아 있어도 인간사에 별 도움이 안 되는 놈.

마지막으로 펼쳐진 포이즌 마법이 근육에 침투하여 놈의 모든 중요 운동 근육 세포를 녹여 버렸다.

'차마 죽이지는 못하겠군.'

아무리 칼리안 대륙에서 수많은 전투 중에 적을 죽였지만 나를 공격하지 않는 자를 죽여본 적이 없었다.

그런 나에게 아무 저항도 못하는 쳉리를 죽일 수 있는 잔혹함은 애초부터 없었다.

"네놈에게는 이게 더 잔혹한 형벌일 것이다."

중요 운동 근육 세포가 녹아버렸기에 이제는 누구의 도움 없이는 살아갈 수 없는 놈.

두 발로 걸을 수도, 두 손을 움직일 수도 없었다.

준 식물인간 상태가 되어 침을 질질 흘리는 쳉리.

놈이 저지른 악업에 비하면 약과였지만 보고 있자니 기분이 그리 좋지는 않았다.

"으으으……."

"아아아아! 사, 살려줘!"

마법에 얻어터져 사경을 헤매는 쓰레기 같은 중국 조폭 놈들.

이놈들을 죽인다고 해서 하루아침에 쓰레기가 사라지는 것이 아니었기에 쳉리와 같은 형벌을 가할 수 없었다.

어차피 여기 있는 놈들이 없어도 지구는 돌아갈 것이며 중국 짱개 조폭 놈들도 아무 일 없다는 듯이 활개를 칠 것이다.

"그레이트 힐!"

회의장에 대광역 힐 마법을 펼쳤다.

파아아앗!

순간 생명의 기운을 상징하는 노란 빛이 번쩍이며 쳉리를 제외한 쓰러진 작자들을 치료하기 시작했다.

"흑!"

“아아······.”

난생처음 맛보았을 마법 치료.

고통에 비명을 지르던 놈들의 입에서 시원한 탄성이 흘러나왔다.

“모두 일어난다. 실시!”

그리고 내 입에서 터지는 일갈.

“······.”

이미 상처들이 모두 나았음을 알건만 눈치를 보며 일어날 생각이 없는 자들.

“셋 셀 동안 일어나지 않으면 모두 평생 기어서 밥 먹게 만들 것이다. 하나, 둘······.”

후다다다닥!

내 말이 끝나기 무섭게 언제 쓰러졌냐는 듯 자리에서 일어나는 중국 깍두기들.

일어났음에도 내 얼굴을 보지 못하는 모습에서 정신 교육이 제대로 되었음을 확인할 수 있었다.

'좌우지간 매만 한 교육 방법이 없다니까.'

인격적으로다가 말로 해서 들을 인간이 있고, 이렇게 두들겨 패서 듣는 놈들이 따로 있었다.

특히 주먹 믿고 살아온 이런 놈들에게는 뼈에 사무치는 고통만큼 빠른 훈련 방법은 없었다.

남의 고통을 즐기며 사는 놈들이 자신의 고통에는 더 약하다는 것은 익히 잘 알려진 사실이었다.

"잘 들어라. 형아가 좀 바빠서 그러는데 앞으로 내 눈에 띄지 마라. 특히, 대한민국의 차이나타운 같은 곳에 짱박아놓은 네놈들 냄새나는 동생들은 좋은 말로 할 때 데려가라. 만약 짱개 조폭 놈들이 설친다는 소문이 들리면 그날부로 그 조직은 만리장성 밑에 묻어버릴 테니까 말이야."

"……."

내 말에 대답을 못하는 놈들.

"이것들이 짜장면을 귓구멍으로 처먹었나! 알겠어, 모르겠어!"

짜증 섞인 목소리로 와락 겁을 줬다.

"아, 알겠습니다!!!"

회의장이 떠나갈 정도로 우렁차게 대답하는 놈들.

'당분간 짱개 조폭 놈들이 설칠 일은 없겠군.'

얼마나 갈지는 몰라도 얼마 동안이라도 조용해질 대한민국.

"그래, 네놈들 말을 믿어보지."

흡족한 미소를 지으며 고개를 끄덕였다.

"그럼 바빠서 형님 먼저 간다. 오늘 뒤풀이 있는 것 같은데 잘들 놀다 와라."

볼일이 끝난 이상 구역질나는 이산화탄소를 뱉어내는 놈

들과 한 공간에 있을 필요는 없는 법.

문을 향해 걸어나갔다.

딸각.

내가 다가서자 마나 반응을 일으키며 자동으로 풀리는 락 마법.

"그런데 이것들이 살려줬는데 인사도 없네. 싸가지없는 것들이……."

나가다 말고 인상을 쓰며 놈들에게 고개를 돌렸다.

"따거! 안녕히 가십시오!"

말이 떨어지기 무섭게 허리를 구십도로 숙이며 나를 배웅하는 짱개 놈들.

"흐흐흐……."

사악한 웃음을 지으며 방문을 열고 나왔다.

아마 내가 나간 뒤에도 한참 동안 정신을 차리지 못한 짱개 조폭들.

속으로 기원했다.

열심히 세력을 키워 바깥에서 말 짓하지 말고 자신들의 고향인 대국에서 기생충처럼 무럭무럭 자라기를 말이다.

서예린, 그녀를 만나다

"어머, 그 소식 정말이야? 그 고삐리가 타고 다니는 A380비행기가 지금 도착한다는 말이!"

"정말이야. 방금 상부에서 알려줬어."

"세상에… 도대체 몇 년 만이야."

인천공항 의전 팀에 전설로 내려오는 한 명의 고삐리 전설.

지구상에서 가장 비싼 항공기를 개인 자가용으로 타고 다니는 고삐리가 같은 대한민국 사람이라는 사실에 한동안 인천공항에서는 믿을 수 없는 사실로 통했다.

그런데 소문을 확증하기도 전에 사라진 고삐리.

같이 출국했던 같은 반 학생들은 돌아왔건만 강혁이라는 고삐리는 돌아오지 않았다.

그리고 인천공항에 장기 체류하던 A380도 그날 이후로 인천공항에 나타나지 않았다.

"모두들 긴장해. 나이가 어리지만 국가정보원에도 통보가 될 정도로 귀한 요인인 것 같으니까."

의전 팀을 이끌고 있는 강혜미 팀장은 직원들을 단속했다.

수많은 VIP를 접대했던 그녀였기에 고삐리지만 강혁이라는 남자가 엄청 중요한 인물이라는 것을 본능적으로 알 수 있었다.

띠띠띠!

그렇게 수다를 떨던 의전 팀 여직원들.

도킹을 알리는 신호에 의복을 단정하게 차려입고 게이트 입구에 도열했다.

최상급 인물들에게만 적용되는 의전.

뚜벅뚜벅.

의전 전용 9번 톨게이트의 문 안쪽에서 들려오는 경쾌한 발걸음 소리.

고개를 살짝 숙이고 대기하고 있던 의전 팀 직원들은 궁금함에 고개를 들어 확인하고 싶었지만 응대 매뉴얼대로 양손을 배에 모으고 고개를 살짝 숙이고 있어야 했다.

스르르륵.

스크린 도어가 열렸다.

"어서 오십시오. 귀국을 환영합니다."

의전 팀 여직원들이 문이 열리자 고개를 숙이며 강혁이라는 고삐리를 환영했다.

"하하, 안녕하세요."

듣기 좋은 밝은 톤의 목소리로 인사를 건네는 강혁.

기다렸다는 듯이 의전 팀 여직원들이 고개를 들었다.

"아……."

"음……."

자신들도 모르게 신음을 터뜨리는 여직원들.

말로만 듣던 고삐리는 어디로 가고 멋진 남성이 서 있었다.

매일같이 수많은 외국인들, 특히 유명인들을 접대하는 국제공항 여직원들의 눈에 보이는 남성의 모습.

유럽 상류층이 착용한다는 최고급 수제품 검정 롱코트에 그 안에 일반인들은 소화하기 힘든 연한 금빛이 가미된 단정한 문양이 새겨진 가벼운 슈트를 걸치고 아이보리 색감의 와이셔츠를 착용하고 나타난 남성.

키 185에 떡 벌어진 어깨.

어깨까지 길러 단정하게 묶인 탐스러운 머리칼은 대한민국 최고 남자라 불리는 동건 씨가 울고 갈 정도였다.

“이, 이쪽으로 오십시오.”

넋을 놓고 보고 있는 직원들 사이에서 팀장 강혜미가 정신을 차리고 강혁을 안내했다.

“잘 부탁하겠습니다.”

강혜미 팀장의 안내에 입가에 부드러운 미소를 흘리는 강혁이라는 남자.

팀장의 뒤를 이어 정신을 차린 여직원들의 눈동자에서는 한결같은 빛이 흘러나왔다.

이제 고삐리가 아닌 이 남자.

어떻게든 한번 들이대고 싶어하는 욕망이 가득 담겨 있었다.

“하아……”

공항 라운지에서 벗어나자 보이는 1월의 한국.

그리웠던 조국의 공기가 사정없이 나의 폐부에 스며들어왔다.

‘마나가 오염되긴 됐네.’

들이켜는 공기 중에서 느껴지는 지구의 마나.

칼리얀과 달리 깨끗하지도 밀도가 높지도 않았다.

하지만 그래도 좋았다.

내가 태어나 나를 존재하게 만들어준 지구의 마나.

그저 들이켜는 것만으로 행복했다.

삐리리리, 삐리리리.

갑자기 울리는 핸드폰 벨소리.

마르소가 내 코트 안에 넣어준 요즘 세계적으로다가 잘나가다는 엑스폰이었다.

"마르소, 무슨 일이야?"

"호호. 혁, 그런데 집 주소는 아세요?"

"응? 집? 당연히 알지. 그런데 그건 왜 물어?"

"정말요? 올드 마스터가 이사 간 집 주소를 알려줬나요? 제가 보고를 안 했는데… 어떻게 아셨지."

'이게 뭔 소리야?'

한참 고국의 공기를 즐기고 있는 내 귀에 들려오는 마르소의 의문에 찬 물음들.

"이, 이사?"

"네, 올드 마스터께서 혁 아버님의 직장과 집을 새로 장만해 주셨거든요."

"혁! 스승님이?"

"네. 올드 마스터께서는 생각보다 자상하시답니다."

'이씨, 노친네. 왜 나에게는 그런 말도 없이…….'

부모님이 어찌 살고 있냐는 나의 물음에 그저 잘살고 있다는 한마디만 뱉었던 건달프 사부.

가끔씩 이렇게 감동시킬 때가 있었다.

"그리고 이번 기회에 운전면허 하나 따두세요. 올드 마스터께서 각 그룹 주차장에 세워놓으신 세계 명차들이 수백 대나 있답니다. 그런데 대부분 단 한 번도 손을 타지 않았답니다."

'오! 운전면허증!'

생각지도 못한 운전면허증.

이제야 내가 대한민국 국민이라는 사실을 실감할 수 있었다.

"그럼, 주소를 불러 드리겠습니다. 종로구 평창동……."

그리고 이어지는 부드러운 프랑스식 발음의 새로운 집 주소.

머릿속에 빠르게 입력시켜 놓았다.

대한민국에서는 내가 직접 다닌다 말했기에 공항에 나를 픽업하러 올 매지션 그룹 직원은 없었다.

"택시!"

지갑에 두둑한 현찰과 한도 무제한 백금 카드.

공항 택시들 중에 가장 품격있어 보이는 리무진 택시에 눈길이 꽂혔다.

'베베토도 없는데 헬기나 한 대 살까?'

대한민국에서는 그 누구도 꿈꿀 수 없는 나만의 혜택을 마음껏 활용하면서 말이다.

"으헐!"

말로만 듣던 평창동에 자리 잡은 부촌.

"세, 세상에 이게 우리 집이야?"

칼리얀 대륙의 내 황궁 저택에 비교하면 벼룩 코딱지만 하지만 한국에서는 부자들만이 살 수 있다는 평창동의 정원 딸린 저택.

마르소가 가르쳐 준 주소를 따라 도착한 집은 대문부터 어지간한 사람은 기죽게 만들 정도로 커다랗고 튼튼해 보였다.

거기에 담장은 족히 5미터 정도 되는 높이였고, 모두 다 몽글몽글한 고급 돌멩이로 쌓여 있었다.

"그래, 황제의 본가라면 이 정도는 되어야지."

칼리얀 대륙을 좌지우지하는 황제가 거처하기에는 누추하지만 그럭저럭 품격에 어울리는 집.

흡족한 마음으로 대문 옆 아버지의 이름 강찬수라는 명패 옆의 벨을 눌렀다.

띵동띵동.

가볍게 울리는 벨소리.

"누구세요?"

그리고 인터폰으로 들려오는 낯선 아주머니의 목소리.

"그러는 아주머니는 누구세요?"

"나요? 이 집에서 일하는 사람인데… 쓸데없는 물건은 안 살 것이고, 교회는 진작 다니고 있으며, 도도 믿지 않을 것이니 볼일없으면 이만 돌아가세요."

'하하, 아줌마 성격 한번 화끈하네.'

이러지 않고서는 가식덩어리 우리 부모님 밑에서 어찌 버틸 수 있겠는가.

"이 집 아들입니다. 문 열어주십시오."

"네? 이 집 아드님이라고요?"

"네."

아주머니의 물음에 힘차게 대답하였다.

"어라, 주인 집 내외분들에게서 아드님이 있다는 소리를 들어본 적이 없는데……."

"컥……!"

아주머니의 의문 가득한 대답에 일순간 숨이 콱 막혀왔다.

'흑흑. 정말 너무하신 것 아냐. 누구 덕분에 이렇게 호강하고 사는데. 호적에서 팔 수 있단 말이야!

순간 눈앞을 가리려는 슬픔의 눈물.

아무리 바깥에 막 내놓고 키우신 자식이지만 달랑 하나 있는 외아들을 어찌 잊을 수 있단 말인가.

"아무래도 수상하군요. 전 못 열어주니까 주인 내외분이

오실 때까지 기다리세요.”

딸깍.

그리고 사정없이 끊어져 버리는 통화음.

“허어…….”

고개를 들어 바람 불어 맑은 1월의 서울 하늘을 우러러보았다.

아무리 칼리얀 대륙의 황제면 뭐 하겠는가.

지구에서는 집에도 못 들어가는 처량한 내논 자식인 것을…….

“아버지! 어머니!!!!”

늦은 밤.

PC방에서 라면으로 저녁을 때우고 도착한 나의 집.

아주머니는 이미 퇴근한 집에서 당황한 눈으로 나를 맞이하는 두 분.

“하, 하하. 아들, 돌아왔구나.”

“어… 어머, 누구 아들인지는 몰라도 정말 훤칠하다. 호호호.”

가식적인 반가움으로 나를 맞이하는 두 분.

“왜 저를 낳으셨습니까! 부모님을 부모님이라 부르지 못하고, 내 집을 내 집이라 부르지 못하는 소자의 마음을 아시옵

니까!'

신파극 대사를 읊으며 부모님을 압박했다.

'다행이시네.'

표정과는 달리 건강한 두 분의 모습에서 안도감이 들었다.

"아들아, 네 말이 조금 거슬리는구나."

"……?"

당황하던 아버지의 얼굴에서 느껴지는 찬스를 잡은 표정.

"그, 그게 무슨 말씀이십니까."

"너를 낳고 우리가 느꼈던 행복감은 돈으로 환산할 수 없는 즐거움이었다. 그런 너를 낳은 우리를 탓하는 너의 모습에서 심한 배신감이 느껴지는구나. 너의 가출과 가끔씩 보이는 초딩 같은 반항심에 사랑의 매를 들고 강하게 가훈대로 키운 부모의 마음을 네가 이리 몰라주다니 섭섭함을 넘어 배신감까지 드는구나."

'헐.'

잘못 걸렸다는 생각이 번쩍 들었다.

칼리안 대륙에서는 마음대로 해도 상관없는 황제였지만, 이곳은 엄연한 부모님의 나와바리.

영역을 침범한 수컷 아빠의 강한 공격이 오랜만에 방심한 나를 당황케 했다.

"그러게요. 흥! 어디로 사라졌다 이제 나타나서 이리 큰소리라니. 너를 걱정하느라 잠도 제대로 못 자고, 아무리 맛있는 음식도 소화를 못 시켜 이리 마른 부모의 모습은 보이지 않는 것이야? 그런데 겨우 아주머니가 문 좀 안 열어주셨다고 이리 부모님께 대드는 자식이라니… 하아, 이 나이에 매를 들 수도 없고."

세상 다 무서울 것 없지만 단 한 사람 두려운 이가 있으니, 그 존재는 바로 보톡스를 맞은 것처럼 살이 탱탱하게 오르신 뽀얀 얼굴과 통통한 몸매를 자랑하시면서도 말랐다 거짓말을 태연하게 늘여놓으시는 어머니였다.

"그리고 혁아, 지금 네 나이가 몇 살인 줄 알아? 네가 없는 동안에 법이 바뀌어서 이제는 열아홉 살 때부터 법적으로 성년이 된단다. 생일도 지난 네가 이러면 안 되지. 우리가 분명 서로 각서까지 쓰면서 약속하지 않았니? 성인이 되면 이제 부모님의 집은 네 집이 아니라고 말이야. 다 큰 사자는 홀로 세상을 정복해야 하는 것이란다."

'크으, 졌다.'

아직 한참 모자라는 언어 대응 스킬.

어머니의 화려한 말빨과 과거 초등 시절 멋모르고 작성한 각서.

성년이 되면 강한 수컷답게 세상을 홀로 독립하겠다고 분명 약속하였었다.

‘머리를 숙여야 한다.’

칼리얀에서 영주와 황제 노릇하느라 머리 위에 아무도 없던 내가 잠시 망각한 부모님의 여러 가지 공격 스킬.

드래곤이 와도 화려한 말발로 드래곤하트를 꺼내게 만드실 부모님에게 대든 나의 잘못이 번개처럼 머리를 강타했다.

"하하하! 오랜만에 돌아온 아들이 재롱 이벤트를 한 번 펼쳤습니다. 제가 어찌 저를 낳아주시고 길러주시고 팽개쳐, 아니, 이렇게 기다려 주신 부모님의 은혜를 잊겠습니까? 이 아들 그런 놈이 아니라는 것을 잘 알고 계시지 않습니까? 그리고 여기 약소하나마 선물을……."

눈치를 보면서 재빨리 마르소가 준비한 몇 가지 선물을 내놓았다.

어머니가 좋아라 하실 만한 큼지막한 다이아몬드 반지와 아버지를 위한 루비를 비롯한 몇 가지 보석들이 박혀 있는 넥타이 핀 세트.

"호호, 그럼 그렇지. 우리 아들이 어떤 아들인데."

능히 2캐럿은 될 다이아몬드 반지에 언제 화를 냈냐는 듯 봄날 피는 꽃처럼 미소를 지으시는 어머니.

"큼큼. 혁아, 난 언제나 너를 우리 강 씨 집안을 빛내줄 미래의 동량으로 생각하고 있었다."

어머니와 쌍벽을 이루시는 아버지의 표정 변화.

‘에휴, 아무리 생각해도 평범한 집안은 아니야.’

어떻게 몇 년 만에 나타난 아들을 이리 맞이할 수 있단 말인가.

가출 전문 청소년도 아니건만 나를 완전 믿고 밖으로 내돌리시는 부모님.

다른 집 같았으면 실종신고를 비롯한 아들을 찾기 위해 집 팔아 전단지를 들고 세상을 헤매고 다닐 것이다.

그러나 우리 집은 아니었다.

달랑 하나밖에 없는 아들이건만 강해도 너무 강하게 키우시는 두 분 부모님.

‘그래도 두 분 덕분에 황제도 먹었으니… 나도 우리 자식들을 꼭 이리 키워주리라.’

오는 것이 이러했는데 가는 것이 좋을 리가 없었다.

앞으로 수없이(?) 태어날 우리 아이들.

오크 마을에 떨어져도 오크와 친구 먹고 사냥해서 살아날 수 있는, 오크 전사가 될 수 있는 생존 특화 훈련을 시켜주리라 마음먹었다.

어차피 모든 것은 자신이 가지고 태어난 운명.

다 전생에 쌓은 업보대로 흐르는 것이 신이 정한 법칙이었다.

"캬아, 역시 어머니 김치찌개가 최곱니다!"

"호호, 그렇지?"

칼리얀 대륙 내 보물창고와 아공간에 쑤셔 박혀 있는 보석들 중에서 2캐럿 다이아몬드 따위는 양말에 달고 다니는 방울 취급도 못 받을 것이다.

그런데 다이아몬드 반지 하나에 김치찌개까지 대접해 주시는 어머니.

밥 두 공기를 싹싹 비우고 손가락을 치켜세웠다.

내 칭찬에 활짝 웃음으로 답하는 어머니.

'이제 집에 온 것 같네.'

어떤 집이면 어떠하겠는가.

사랑하는 부모님이 계시는 곳이 내 집이 아니겠는가.

"혁아, 그런데 너 여자친구 있니?"

"네? 여, 여자친구요?"

어머니의 은근한 물음에 입술이 저절로 떨렸다.

차마 내 입으로 말할 수 없는 여자친구 명단.

칼리얀 대륙에 하나도 아니고 둘도 아니고 한 손가락으로 모자라는 미래의 와이프들이 있다고 어찌 말하겠는가.

"예린이가 네 여자친구 맞지? 그치?"

"예, 예린이요?"

예린이라는 말에 가슴이 덜컥 내려앉았다.

한참 잊고 있었던 나의 첫사랑.

"응. 네가 돌아오지 않고도 얼마 전까지 집에 찾아왔단다. 혁이 돌아오지 않았냐고 말이야."

"네……."

'바보…….'

예린이가 찾았다는 말에 마음이 아려왔다.

이제는 잊어야 할 여자친구.

일부일처제에 익숙한 대한민국 여인이 자신과 같은 와이프라는 이름을 가진 뭇 여인들을 이해할 리가 없었다.

"연락 한번 해봐라. 너를 상당히 좋아하는 것 같던데. 혹시라도 네가 오면 말해달라고 하더라. 전화번호는 그대로라고 말이야."

엄마의 말에 마음이 더 무거워졌다.

"알겠습니다. 제가 알아서 하겠습니다."

"그, 그래……."

갑자기 무거워진 내 모습에 말을 흐리시는 엄마.

"그런데 아버지는 어느 회사를 나가십니까? 혹시 로또에 당첨되셨나요?"

분위기를 전환하려고 이미 알고 있는 아버지와 집 이야기를 꺼내었다.

"하하. 아버지 능력 좋은 것을 외국 기업들도 다 알고 있더구나. 네가 보내준 크루즈 여행에서 돌아왔더니 헤르만 투자 컨설턴트에서 나를 딱하니 이사로 임명해 주지 않겠니. 그리고 이 집도 옵션으로 주고 말이야."

"와아! 정말 아빠 대단하세요!"

"뭘, 이 정도를 가지고……."

"혁이 너도 아빠를 본받아서 멋진 남자가 되어야 한단다. 호호호."

"그럼요, 저도 반드시 아버지처럼 멋있고 능력있는 남자가 될 겁니다."

"하하하. 이거 쑥스러워서 얼굴이 달아오르는구나."

오랜만에 만난 화목한 가정.

'사부, 고맙습니다.'

겉으로 말하는 것과 달리 속정 깊은 건달프 사부.

부모님을 나 대신 챙겨주신 이 은혜를 반드시 갚아주리라 마음먹었다.

"혁아!"

"오! 중현~!"

"흑흑, 살아 있었구나!"

'사내놈이 울기는…….'

집에서 잠을 청하고 일어난 다음날.

베프인 중현이에게 전화를 했다.

그러자 바로 만나자는 말을 건네왔고, 우리는 신촌에 있는 모드란이라는 카페에서 눈물 젖은 해우를 할 수 있었다.

"왜, 이 형님이 죽기를 바랐던 것이냐?"

"씨이, 말도 없이 사라지면 어떡해. 그것도 아무 소식 없이 3년이 다 되어가잖아!"

속정 깊은 중현이가 입에 담지도 못하는 씨 자 발음을 하며 나를 추궁했다.

"미안해. 유럽에서 만난 사부가 특별 교육을 시키는 바람에 연락할 수가 없었다.

"특별 교육?"

"그래, 알면 다쳐. 이건 너에게만 말하는 건데 국가에서 정한 특급 비밀이야."

"어… 그래."

내가 생각해도 유치한 답변이건만 진지하게 고개를 끄덕이는 중현.

요즘은 초딩도 안 믿을 말을 믿어주는 중현이의 우정에 마음이 따스해졌다.

"학교는?"

"그냥… 서울대 들어갔어."

"서울대? 와우! 축하해!"

대한고등학교를 나온 이들은 대부분 들어가는 대한민국 최고 대학교.

"축하는… 그런데 너는 어떻게 할 거야? 대학교 안 갈 거야?"

"그, 그게……."

"네가 뭘 하는지는 몰라도 대학교는 졸업해야지 않겠냐? 올해 검정고시 치르고 나랑 같이 대학교에 다니자. 혁이 너 정도 머리면 충분히 합격할 수 있을 거야."

대한민국에 사는 고삐리라면 다 이런 고민을 할 것이 분명했다.

그런데 나는 아니었다.

서울대보다 더 중요한 내 백성들을 먹여 살려야 할 칼리얀 대륙의 황제.

중현이의 진지한 표정에 빙긋 웃기만 했다.

"예린이는 잘… 지내지?"

예린이에게 전화를 하지 못했다.

"그, 그게……."

내 물음에 말을 흐리는 중현이.

"왜? 무슨 일 있어? 어디 아파?"

지난 3년 동안 무슨 일이 벌어졌는지 알지 못했다.

우리 집에 찾아왔다는 것만으로는 예린이에게 무슨 일이

벌어졌는지 알 수 없었지만, 중현이의 표정을 보아하니 무언
가 문제가 있음이 분명했다.

"예린이 집이 요즘 힘들어. 예린이도 서울대에 합격했는
데… 등록할 돈이 없나 봐."

"뭐, 뭐라고?"

나름대로 견실한 중소기업을 운영하는 예린이네 집이라
들었다.

그런데 대학교 등록할 돈이 없다는 것이 말이 안 되었다.

"내가 아버지께 말해서 도와주려고 전화를 했는데 안 받더
라고. 그런데 어제 아버지가 그러더라고. 예린이 아버님이 운
영하시는 사업체가 부도가 났대."

"음……."

부도라는 말에 신음을 흘렸다.

"얼마 전까지 오성그룹 하청업체로 잘 버티고 있다 들었는
데……."

"오성그룹? 황성택이 할아버지가 경영하는 그 오성?"

"응. 그 오성그룹 맞아."

오성그룹이라는 말에 퍼뜩 정신이 들었다.

꿈도 없는 늙은 할배가 운영하는 대한민국 세 손가락 안에
들어가는 대그룹.

그런 대기업의 하청업체가 부도가 났다는 말에 무언가 이

상한 느낌을 받았다.

"황성택 그 자식은 뭐 해?"

"그놈도 경영학부에 합격했어."

"쳇."

보기만 해도 구역질나는 어린 싸가지 새끼.

지 할애비를 닮아 돈이면 다 되는 줄 아는 놈이었다.

"예린이에게 네가 전화해 봐. 너라면 받을지도 몰라."

자존심 강한 서예린.

지금 얼마나 힘들어하고 있을지 걱정이 들었다.

'한번 알아봐야겠군.'

그리고 가슴속을 헤집는 기분 나쁜 느낌.

오성그룹과 예린이 아버님이 경영하시는 사업체를 알아보리라 마음먹었다.

"알았다. 그건 그렇고 우리 맛있는 거 먹으러 가자. 오랜만에 이 형아가 한턱 쏘마."

"정말?"

"그럼! 네가 몰라서 그렇지, 이 형님 함부로 볼 수 있는 인물이 아니야."

칼리안 대륙에서 나를 접견하기 위해서는 각 왕국의 국왕 정도 되어야 했다.

그것도 선물을 바리바리 싸들고 와야 만날까 말까 한 내 위치.

"헤헤, 고마워. 오늘 혁이 때문에 포식하겠네."

언제나 둥글고 넓적한 마음으로 살아가는 중현이.

사람 좋은 미소를 지으며 즐거운 표정을 짓고 있었다.

"중화학공업용 프로세서펌프를 생산하는 삼풍정밀기업이 얼마 전 부도가 났으며, 부도에 오성그룹 산하에 있는 오성중공업이 관련되어 있다 이거지."

"네, 마스터 혁. 그런데 무슨 일이 있나요?"

"아직 아니야."

'역시 그렇단 말이지.'

어제 중현이와 식사를 하면서 예린이 아버님 사업체 이름을 알아낼 수 있었다.

그리고 전화를 통해 마르소에게 삼풍정밀기업과 오성그룹의 연관성을 알고 싶다 부탁하였다.

사부의 전 세계적으로 뻗어져 있는 매지션 그룹의 정보력을 활용하였던 것이다.

"마르소."

"말하세요, 혁."

"오성그룹이 어떤 회사인지, 어떤 취약점이 있는지 모든 정보를 샅샅이 파악해서 보고해 줘."

"알겠습니다. 오성그룹에 대한 그 정도 정보라면 그룹에서 이미 분류해 놨을 것입니다."

"오케이. 부탁해."

"네, 마스터 혁."

마르소와 전화를 끊었다.

"이놈들 봐라. 감히 예린이에게 상처를 줘?"

누가 뭐라 해도 나의 첫사랑 순수천사 서예린.

그런 예린이의 앞날에 먹구름을 만들어낸 오성그룹이 마음에 들지 않았다.

아니, 그 회장이라는 황만혁의 죽은 꿈이 마음에 안 든다는 표현이 맞았다.

"아픈 천사를 위로도 못하면 그게 남자냐."

마음을 먹고 전화기를 꺼내었다.

아직 생생히 기억하고 있는 예린이 전화번호.

비 오는 날 한쪽 어깨를 적시며 얻어냈던 내 첫사랑의 전화번호를 어찌 잊을 수 있겠는가.

010-99xx-1179.

천천히 예린이의 번호를 눌렀다.

'모르는 전화번호라고 안 받는 거 아냐?'

중현이의 전화를 안 받을 정도라면 모르는 전화번호는 받지 않을 수 있었다.

마르소가 내게 준 전화번호는 유럽에서 등록된 전화였다.

띠이이이이, 띠이이이이.

번호가 눌리고 연결되는 신호음.

젊은 여자아이가 배경음악도 깔지 않았는지 건조한 신호음이 귀에 울렸다.

'안 받네.'

아무리 9서클 마법사면 뭐 하겠는가.

억지로 전화를 받지 않는 이에게 이동 마법으로 날아가 왜 전화 안 받았냐고 따질 수는 없지 않는가.

연결되지 않는 예린이의 전화.

조용히 핸드폰을 내려놓았다.

"여보세요……."

그때 아주 느릿하고 힘없는 여인의 목소리가 핸드폰에서 들려왔다.

"예… 예린아."

엉겁결에 핸드폰을 들고 예린이의 이름을 불렀다.

"……."

내 목소리가 들렸건만 아무 말이 없는 예린이.

"혀, 혁이니?"

황급히 내가 맞느냐 묻는 예린이.

"하하하! 서예린, 아직 내 목소리 잊지 않고 있었네. 나 혁이야.”

“혁아!!!!”

나를 확인하고 힘차게 나를 부르는 서예린.

처음에 들려왔던 우울함과 힘없는 목소리는 어디로 가고 기쁨에 젖은 예린이의 목소리가 핸드폰에서 들려왔다.

“나 이제 돌아왔어. 그래서 전화했어. 서예린… 네가 보고 싶어서.”

당당하지 못하면 남자가 아니었다.

비록 칼리얀 대륙으로 돌아가야 했기에 예린이와 아름다운 사랑을 만들 수는 없지만 바보처럼 속을 태우며 있고 싶지는 않았다.

“그래, 우리 어디서 만날까? 지금 바로 만나자. 응! 혁아!”

집안 분위기가 좋지 않을 것이건만 내가 왔다는 소리에 기쁨에 겨워 만나자는 순수한 예린이의 마음.

“우리 처음 데이트했던 곳. 그곳에서 만나자.”

“알았어. 나 2시간 정도면 돼. 그때 거기서 보자.”

힘이 넘치는 예린이.

2시간을 말하며 서둘러 전화를 끊었다.

“휴우…….”

다행스럽게 내 전화를 받고 나온다는 예린이.

갑자기 첫 데이트 할 때가 생각났다.

“예린아, 내가 너에게 얼마나 도움이 될지는 모르지만 최선을 다해주마.”

마음만 먹으면 오성그룹 따위는 공중분해시켜 버릴 힘이 있었다.

하지만 아직 오성그룹의 잘못을 정확히 알지 못하는 상황.

마음에 독기를 품으며 옷을 입어갔다.

‘다들 춥지도 않나?

나야 추위를 안 타는 마법사라지만 내가 느끼기에도 상당한 강추위.

하지만 토요일을 맞이하여 몰려든 연인들로 인하여 대학로 마로니에 공원은 연인들로 북적이고 있었다.

‘흐흐, 용감한 분들도 있네.’

그중에서도 단연 눈길을 끄는 이들이 있었으니, 강추위 속에서도 꿋꿋이 짧은 미니스커트를 입고 돌아다니는 여인들의 모습.

집에서 콜택시를 타고 출발하였기에 늦지 않고 도착한 나는 날씬한 여인들의 다리를 감상하며 늑대들의 즐거움을 맛보았다.

‘……’

그렇게 정신을 팔고 있는 사이 등 뒤에서 천천히 느껴지는 한 기운.

9서클 마법사가 되자 과거에 내가 경험했던 모든 것들이 마나의 색감으로 재기억되었다.

또각.

등 뒤에서 멈추는 구두 소리.

"바보…….."

사라락.

바보라는 말과 함께 등에서 느껴지는 따스한 느낌.

'예린아…….'

과거 이곳에서 데이트를 할 때 손을 잡아본 것이 전부였건만, 내 등에 기대선 여인.

"잘 지냈지…….."

등을 돌리지 못했다.

지금 등을 돌려 예린이 얼굴을 보는 순간 나도 모르게 안게 될까 봐 앞을 바라보며 입을 열었다.

"응, 바보를 기다리며 잘 지냈지…….."

등에서 느껴지는 예린이의 입술의 움직임.

"그래, 그럼 됐어."

죽지 않고 살아 있다는 것만으로도 감사한 이 순간.

그렇게 나는 첫사랑 여인을 만났다.

“듣기 좋네.”

“그래도 난 혁이가 들려줬던 재즈가 좋아.”

두두둥 둥둥 두두둥 .

예린이를 위하여 재즈 피아노를 연주했던 재즈 카페 프리우스.

대화를 하기 위하여 대화가 가능한 뒤편에 자리를 잡았다.

'날개만 없지, 천사가 다 됐네.'

남자로서 처음으로 좋아했던 이성 서예린.

못 보던 사이 성숙해진 예린이었지만 특유의 창백해 보이는 새하얀 피부와 큼지막한 눈동자는 청초한 난과 같은 단아한 아름다움을 선사했다.

칼리얀에 있는 아르미스와 같은 분위기.

편안하게 나를 감싸주는 예린이의 빛나는 눈동자를 보고 있자 가슴이 울컥거렸다.

“이제 뭐 할 거야? 학교에 들어가야지.”

아무것도 모르는 척 예린이에게 물었다.

“그, 그래야지⋯⋯.”

내 물음에 씁쓸한 표정을 짓는 예린이.

“와아, 그럼 대학교 신입생이 되는 거야? 질투난다. 누구는 죽어라 고생만 하고 있던 사이에 대학교에도 가고⋯ 나도 올해는 검정고시 봐서 꼭 학교에 가고 만다.”

애써 마음을 감추었다.

"정말? 호호, 그럼 혁이와 같이 학교에 다닐 수 있겠네."

"그럼. 내가 이래 봬도 머리 하나는 똑똑하잖아. 그까짓 영어 단어 대충 외우고, 수학 그까짓 거 대충 풀고, 암기도 대충 그까짓 것 외우면 그만 아니겠어."

"흥, 너무 자신만만하신 거 아닌가요. 고교 중퇴 강혁 학생님."

"컥… 중, 중퇴."

"호호호, 호호호호."

내가 중퇴라는 말에 인상을 팍 찌푸리자 즐거워 깔깔 웃는 천사 서예린.

그런 그녀의 웃는 모습에 내 마음에 환하게 촛불이 켜졌다.

'내가 있는 동안에 지켜줄게. 너를 사랑했던 한 남자로서……'

예린이를 따라 미소를 지었다.

함께만 있어도 좋은 여인.

그러나 함께할 수 없어 마음 아픈 여인.

있는 동안에 그런 여인을 지켜줘야 하는 것도 남자로서의 자격이 아닐까 싶었다.

삐리리, 삐리리리리리리.

그렇게 유쾌하게 웃으며 즐거운 시간을 보내고 있을 때, 예린이의 핸드폰이 울렸다.

벨이 울리자 핸드폰을 보던 예린이의 얼굴이 딱딱하게 굳었다.

"자, 잠시만……."

그리고 당황한 표정을 지으며 핸드폰을 들고 화장실 쪽으로 향했다.

'흠, 어쩔 수가 없군.'

당황하는 예린이의 표정에서 무언가 이상한 느낌이 들었다.

그렇기에 예린이에게 마나를 집중했다.

"왜 전화했어. 난 분명히 싫다고 했잖아!"

화장실로 들어가서 통화 중에 짜증을 팍 내는 예린이.

"아빠는 아빠고 나는 나야. 그리고 우리 부모님 그렇게 더러운 협박에 넘어가실 분이 아냐. 네가 아무리 뭐라 해도 부모님은 나를 버리시지 않아. 이 더럽고 치사한 돈만 아는 벌레 같은 자식아!"

어여쁜 예린이 입에서 튀어나오는 거친 말투.

"흥! 니 마음대로 해. 난 절대로 너 같은 놈과 사귈 수 없으니까. 끊어! 그리고 다시는 전화하지 마!"

달깍.

화를 내며 슬라이드폰을 닫는 예린이.

보고 있지 않지만 집중된 마나로 인하여 그녀가 만들어내는 모든 소리를 들을 수 있었다.

"흑흑……."

그리고 이내 우는 서예린.

가슴 한쪽이 하얗게 아려왔다.

"황성택… 이 나쁜 놈… 더러운 새끼… 흑흑."

'뭐, 뭐라고? 황성택!'

나도 익히 알고 있는 버릇 나쁜 황성택 이름 석 자.

지금 예린이와 통화했던 놈이 황성택이 분명했다.

'개새끼, 어디서 주제도 모르고 천사를 넘봐. 이 마족 똘마니 같은 놈이!'

바르르 화가 치밀어 올랐다.

감히 나도 보기 아까운 내 첫사랑 예린이를 넘보는 쥐새끼 같은 놈.

'이번에 확실히 정신 교육을 시켜주마. 네놈이 좋아하는 돈이 얼마나 허망한 존재인지 깨닫게 해주마.'

할애비를 닮아 돈으로 모든 것을 다 해결하려 하는 놈.

싹을 잘라야 했다.

대한민국을 지탱해 가는 대기업을 운영할 자격이 놈에게는 없었다.

"혁, 혁아… 미안해."

울었던 흔적을 감추려 눈물을 닦고 나타난 예린이.

그러나 오뚝한 그녀의 새하얀 콧날은 분홍빛으로 상기되어 있었다.

"하하, 오늘은 내가 한턱낼 테니까 마음껏 먹어. 그리고 우리 밥 먹고 좋은 데 가자."

"그래……."

내 웃음에 아픈 미소를 지어주는 서예린.

그 순간 식탁 밑에 있는 내 주먹은 강하게 움켜져 갔다.

'황성택, 넌 이제 뒈졌어. 쌍!'

Chapter 219
Fly to the Sky

"아버지, 오성그룹은 어떤 그룹입니까?"

중요한 일이었기에 퇴근한 아버지에게 오성그룹에 대해서 물었다.

"오성? 어떤 의미에서 묻는 것이더냐?"

펀드 매니저였던 아버지만큼 오성에 대해 잘 아는 이는 없을 것이기에 질문을 던졌다.

"앞으로 대한민국을 이끌어가도 될 그런 기업이냐 묻는 것입니다."

"음… 어려운 질문이구나."

내 질문에 고심에 빠지는 아버지.

"좋은 기업이다. 어려운 환경의 대한민국에서 세계에서 인정해 주는 그런 기업이 나오기는 힘들지. 오성의 주력 사업인 오성전자와 오성중공업 같은 기업들은 그에 딸린 하청업체 직원까지 합치면 수십만 명을 먹여 살리는 기업이란다."

'좋은 기업이라……'

"존경받는 기업은 아니라는 말이군요."

"좋은 기업일 수는 있지만 존경받는 훌륭한 기업이라고는 할 수 없지. 딱 꼬집어 말할 수는 없지만 지금의 성공도 하청업체들의 이익을 갈취하고 세계 일류 기업들을 모방해서 이뤄지고 있기에 곧 한계에 부딪칠 것이다. 꿈이 없는 기업은… 원래 오래갈 수가 없는 법이다."

꿈이 없는 기업일 수밖에 없었다.

3년 전 오성그룹 회장이었던 황만혁을 만나서 물었던 꿈이 있느냐는 질문.

그때 황 회장은 말했었다.

자신에게는 어설픈 꿈 따위는 없고 다만 치열하게 살아가는 인생만 있다고 말이다.

"하청업체들에 대해서도 가혹한가 보군요."

"그렇지. 다른 대기업들도 다 마찬가지지만 오성은 좀 더 심하지. 무슨 붕어를 낚는 것도 아니고 처음에는 큰 떡밥을 던졌다가 천천히 먹이를 줄이고, 나중에는 쓸 만한 기업들은 자회사로 편입시키거나 단물만 쭉 빼먹고 도태시켜 버리는 짓을 서슴지 않는단다. 웬만큼 경제에 아는 이들은 모두 알고 있는 문제지."

"정부도 알 텐데 가만있나 보군요."

"정부? 알고는 있지. 그런데 그들이 왜 오성을 건들겠느냐. 이미 정부도 오성과 같은 편인 것을……. 아마 오성이 망할 때까지 정부는 결코 나서지 않을 것이다. 황 회장이 관리해 온 인맥은 이미 대통령도 어찌할 수 없는 수준이니까 말이야."

칼리얀이나 이곳이나 비슷하였다.

귀족들의 득세에는 대상단의 도움이 있고, 그런 상단과 귀족들은 백성들의 피를 빨아 서로의 배를 채워주는 구조.

"그럼 오성을 어찌하면 되겠습니까?"

"오성을? 글쎄다, 오성의 기업 정신은 본받을 수 없지만 오성으로 인하여 먹고사는 대한민국 국민들이 있기에 오성은 남아야 한다. 단, 지금의 오성이 아닌 꿈이 있고 철학이 있는 CEO를 찾아야지."

"그 말씀은 전문경영인으로 하여금 운영케 해야 한다는 것인가요?"

"오! 우리 혁이 별걸 다 아는구나."

내 대답에 대견해하는 아버지.

이 정도 지식은 대한민국 고삐리 정도라면 다 아는 기본 상식이라는 것을 모르고 계셨다.

"오성전자 같은 경우는 앞으로도 대한민국을 위해서 반드시 필요한 핵심 기업이다. 그런 오성전자를 더욱 발전시켜 세계적인 선도적 기업을 만들기 위해서는 전문경영인이 필요하지."

"알겠습니다. 오늘 말씀 감사합니다."

"하하, 별말을 다 하는구나."

호탕한 웃음을 짓는 아버지.

'황 회장… 이제 당신은 물러날 때가 된 것 같아.'

내가 가진 힘으로 그를 어찌하는 것은 쉬웠다.

하지만 내가 잘못된 판단을 내려 대한민국의 간판 기업에 혼란을 주어 국력이 쇠퇴하는 것까지는 바라지 않았다.

그러나 이제는 모든 것이 명확해진 이때.

더 이상 망설임 따위는 없었다.

"마르소, 오성그룹에 대해서 알아봤어?"

"그럼요. 누구의 명인데요."

나 때문에 또다시 한국에 체류하게 된 마르소.

그녀와 함께 오성호텔 커피숍에서 말을 나누었다.

“오성그룹에 대한 매지션 그룹의 평가는 어때?”

“현재 평가는 상위에 랭크되어 있어요. 하지만 앞으로 5년 뒤부터는 10년을 넘길 수 없다는 평가를 받고 있어요.”

내 물음에 정확하게 평가를 내려주는 마르소.

“오성그룹은 총 12개의 핵심 사업과 10개의 연관 사업장으로 이뤄져 있어요. 그리고 서로의 기업들은 그룹 내 타 기업의 주식을 보유하며 서로를 적대적 합병으로부터 보호해 주고 있는 구조예요. 코리아 대부분 기업들이 취하고 있는 지배 구조를 따르고 있다고 볼 수 있죠.”

칼리얀 대륙 같았다면 마법 한 방으로 마음에 안 드는 집단을 날리면 그만이건만, 지구는 달랐다.

고도화된 정치 경제 시스템에 타격을 주었다가는 자자손손 역적 소리를 들을 수도 있었다.

“그렇다면 오성에서 가장 중요한 기업은 어디야? 그 연결 고리의 핵심이 있을 거 아니야.”

“물론이죠. 지금 와 있잖아요.”

“응? 지금? 그럼…….”

놀라는 내 표정에 활짝 웃는 마르소.

“맞아요. 오성호텔이 오성그룹의 핵심이에요. 알아본 바에 의하면 비상장 기업인 오성호텔이 그룹 핵심 사업장인 오성전자의 주식 15%를 보유하고 있어요. 오성그룹 오너 가족보다 조금 더 많이 보유하고 있죠."

'오성호텔이……'

"오성호텔의 가치는 오성전자 보유분을 제외하고 약 5억 달러 정도로 평가가 되고 있어요."

'많이 올랐네. 예전에는 1,200억 정도라고 들었는데.'

예전 같았다면 달나라 토끼가 살고 있다는 말과 같이 나에게는 꿈같은 숫자에 불과했지만 이제는 별 감응이 없었다.

칼리얀 대륙의 핵심을 이루고 있는 네루만 제국의 황제에게 그깟 돈은 아무런 의미가 없었다.

"오성호텔을 접수해 줘."

"네?"

"앞으로 보름 이내에 오성호텔을 그룹 명의로 만들어놔. 어떤 수단을 써서라도 말이야."

"호호호, 알았어요. 그 정도야 아무것도 아니지요. 오성호텔 지분을 소유하고 있는 오성중공업 주주들 중에 저희 그룹 관련 회사들이 상당하니까 문제없을 것이에요. 필요하시면 말씀만 하세요. 오성그룹을 통째로 접수할 수도 있으니까요."

대한민국의 공룡 같은 기업을 말만 하면 접수해 주겠다는 마르소.

그러고도 남을 것이다.

사부가 보유하고 있는 무식하다 못해 질려 버릴 재산들.

오성그룹이 아니라 세계적 대기업들도 한 달이면 모두 꿀꺽 삼킬 수 있을 것이었다.

"실례합니다. 물을 더 드리겠습니다."

마르소와 생과일 주스를 마시며 얘기를 하는 동안, 서빙을 보는 호텔 여직원이 물 주전자를 받치고 나타났다.

물을 다 마셔 버린 내 잔을 보고 서비스를 하기 위해 온 것이다.

'응? 이 여자분은……'

무심코 서빙을 받다가 본 여직원의 명패.

이연실.

3년 전 내가 오성호텔을 인수하면 경영을 맡겨주겠다고 약속했던 매니저.

'뷔페 매니저가 왜 이곳에?

상당한 직급을 소유하고 있었던 여직원이었건만 비정규직이나 하고 있는 일을 담당하고 있었다.

"혹시 뷔페 매니저가 아니셨나요?"

궁금함을 참지 못한 내가 물을 따르는 그녀에게 물었다.

"네? 아! 그때 그 대한고등학교 학생……"

내 질문에 나를 보던 그녀가 깜짝 놀랐다.

'세상에, 나를 알아보네.'

　벌써 몇 년이 지났건만 나를 알아보는 이연실 매니저의 기억력.

　최고의 호텔리어를 꿈꾸는 여인답게 범상치 않았다.

　"하하, 기억력이 대단하십니다."

　"호호, 어찌 잊겠어요. 저에게 호텔 경영을 맡겨주신다는 분을 말이에요."

　가지런한 치아를 드러내며 웃는 이연실 매니저.

　"그런데 이곳에 왜 있는 건가요?"

　"네? 그, 그게……."

　웃음이 사라지고 얼굴이 굳어가는 이연실 매니저.

　"일 년 전에 구조조정이 있었어요. 그래서… 비정규직이지만 호텔에 남고 싶어서 여기에 있습니다."

　솔직하게 입을 여는 여인.

　'아직 호텔리어의 마지막 꿈을 버리지 않았구나.'

　나 같으면 진작 박차고 나갔을 것이건만 호텔 커피숍에서 물을 따르는 비정규직 일을 맡고 있는 그녀.

　꿈을 잃어버리지 않고 있었다.

　"조금만 참아요."

　"네?"

　"좋은 소식 있을 겁니다."

　"호호, 말이라도 감사해요."

내 말에 생긋 웃음을 흘리는 이연실 매니저.

고개를 숙이고 주전자를 들고 다른 테이블로 향하였다.

"마스터……."

귓가에 들려오는 마르소의 끈적한 목소리.

"왜, 왜?"

"취향이 독특하군요. 연상의 여인을 좋아하다니… 저분에게 주려고 오성호텔을 접수하라고 한 건가요? 와우! 화끈한 멋쟁이시네요.".

"그, 그게……."

졸지에 연상의 여자를 위하여 굴지의 호텔을 선물한 멋진 남자(?)로 전락하고 말았다.

"섭섭해요. 전 이런 큰 호텔은 필요없고 발리에 있는 조그만 리조트 하나면 마스터에게 목숨 바쳐 충성할 건데… 저에게도 기회를 주실 거죠?"

입가에 매혹적인 미소를 짓는 육체파 마르소의 끈적끈적한 목소리의 유혹.

"하, 하하……."

입에서 나오는 것은 긴장한 어색한 웃음밖에 없었다.

"예린이가 돌아온 찌질이와 함께 있다 이거지……."

손에 들린 서예린에 대한 보고서를 읽는 황성택.

사람을 시켜 그녀의 모든 것을 감시했다.

지난 삼 년간 자신을 철저하게 무시한 서예린.

그녀에게 복수하기 위하여 대학 합격일에 맞춰 서예린 아버지가 운영하는 회사를 부도나게 만들었다.

아직 어리지만 차기 오성그룹을 이끌어갈 황태자의 명을 알아서 받든 것이다.

어차피 황성택이 아니어도 일 년에 그렇게 사라지는 기업이 한둘이 아니었기에 다들 아무런 양심의 가책도 받지 않았다.

"질 떨어지는 놈이 잘도 살아서 돌아왔군. 이번에는… 네 놈을 용서치 않을 것이야."

어릴 적부터 자신이 소유하고 싶은 모든 것을 얻을 수 있었던 황성택.

그런 그가 유일하게 목적하고도 얻지 못한 것이 서예린이었다.

"…마음껏 즐기라고. 둘 다 이번이 마지막이 될 것이니……. 크크크."

자신이 가지지 못하는 것은 철저하게 파괴하려는 악마적 본성이 지배하는 황성택.

나이에 맞지 않게 잔혹한 마음을 먹었다.

그를 키운 가문의 피가 그를 잔혹의 길로 유혹하고 있었던 것이다.

　"혀, 혁아, 이 차는 뭐야…….'
예린이와 데이트 이후 그녀와 매일같이 통화를 했다.
그리고 십 일 만에 나는 그녀를 다시 만났다.
"오늘 데이트하려고 빌려왔어."
"그, 그렇구나.'
내 말에 고개를 끄덕이면서도 놀란 표정을 지우지 못하는
예린이.
그도 그럴 것이 사부의 자동차 컬렉션 중에서 탈 만한 것
몇 개를 가져다 달랬더니 마르소가 십여 대의 차를 비행기로
직접 공수해 왔다.
그중에서 가장 폼나 보이던 부가티 베이론.
네 개의 터보차저가 달린 8.0리터 W형 16기통 엔진을 탑
재하고, 1,001마력의 최고출력을 내며, 7단 DSG 변속기를 거
쳐 네 바퀴를 굴린다 하였다. 최고속도는 407km/h 내외이며,
300대만 한정 생산되었던 명품 중의 명품 스포츠카.
그것도 일반적으로 보기 힘든 흑장미색과 검정의 투톤 칼
라.
예린이와 언제나 만나는 마로니에 공원의 도로에 내 차가
나타나자 자동차에 관심 많은 사람들은 휴대폰을 꺼내 찍어

대었다.

"타."

달깍.

매너있는 남자답게 조수석 문을 열어주었다.

"와아……!"

조수석에 앉아 놀라 탄성을 터뜨리는 예린이.

아무리 명문 대한고등학교에 다니고 어릴 적부터 제법 남부럽지 않게 살았던 그녀였지만 부가티 베이론은 쉽게 만나볼 수 없는 디자인이었다.

외형만큼이나 파격적인 내부 디자인.

미스릴 빛깔이 나는 실버 색감의 계기판과 천연 가죽으로 만든 의자를 비롯한 내부 인테리어.

'면허증 따고 첫 차로 타기에는 조금 부담스럽네. 크크크.'

"혁아, 그런데 운전면허증은 있어?"

"물론이지. 난 언제나 법없으면 못 사는 준법 소년이었잖아."

"피이!"

내 말에 입술에서 바람 빠지는 소리를 내는 예린이.

그녀는 모를 것이다.

오늘을 위하여 칼리얀 대륙 황제 빽으로도 어찌할 수 없는 운전면허를 따기 위하여 속성학원에서 귀중한 시간을 얼마나 소모했는지 말이다.

'오늘부터 넌 행복 시작 불행 끝이야.'

첫사랑 예린이를 위하여 준비한 선물.

이것만이 아니었다.

며칠 사이 살이 더 빠져 가냘프기 그지없는 예린이를 위하여 나는 완벽한 선물들을 준비하여 두었다.

"네? 지, 지금 뭐라고 하셨는지."

"유망있는 중소기업을 선발하여 자금과 기타 노하우를 지원하여 세계적 기업으로 육성시키는 헤르만 컨설턴트의 강찬수 이사라 합니다. 오늘 서동만 사장님이 운영하시는 삼풍정밀기업이 저희 회사 핵심 지원 기업으로 선정되었음을 알려드리러 왔습니다."

"헉……!"

믿었던 오성중공업의 배신으로 단 일주일 만에 부도가 났던 삼풍정밀기업.

오성중공업의 구매담당 이사가 회사에서 반드시 구입해 준다는 말을 했기에 과감하게 새로이 시설투자까지 해서 신형 프로세서펌프를 개발하였고, 고가의 펌프 수십여 대를 미리 생산하기도 했다.

그런데 갑자기 일방적 거래정지 통보를 내려 버렸던 오성 중공업.

정신을 차리지도 못하고 있건만 소문을 어떻게 들었는지 주거래 은행과 하청업체 사장들이 빚 독촉을 하였고, 일주일 만에 부도가 나버렸다.

"저희 헤르만 컨설턴트에서 약 500억 정도의 지원금이 나갈 것입니다. 물론 이자는 없으며 삼풍정밀기업의 주식 49%를 담보로 설정할 것입니다. 이 제안을 받아들이겠습니까?"

서동만 사장은 꿈인지 생시인지 구분이 가지 않았다.

일 년 매출이라고 해야 기껏 100억이고 총 부채가 200억 정도이건만 무이자로 500억을 준다 하고 있었다.

그것도 부도가 나서 휴지 조각에 불과한 주식 49%를 가져가는 조건으로 말이다.

"김 실장, 서 사장님이 못 믿는 것 같은데 자네가 서류를 보여 드리고 자세히 설명하게."

"네, 이사님."

'기술력은 세계에 내놔도 쓸 만한 기업인데… 황 회장, 네 놈이 저지른 죄는 언젠가 돌려받을 것이다.'

갑작스럽게 이사회에서 명령이 떨어져 오성으로 인하여 곤경에 처한 삼풍정밀기업을 돕게 된 강찬수.

마음으로 분노가 이는 것을 느꼈다.

며칠 전 아들 혁이가 묻던 오성그룹에 대한 자신의 냉정한
평가가 생각났다.

대한민국을 위해서는 오성이 변해야 했다.

그렇지 않으면… 그렇게 변하게 만들어야 했다.

그것이 대한민국과 오성그룹이 살아남는 방법이었다.

부우우우웅! 부우우우우웅!

"혀, 혁아! 천천히 좀 가!"

예린이를 태운 부가티 베이론.

차가 별로 없는 서해안 고속도로에 이르자 살짝 스피드를
내었고, 금세 시속 200킬로에 도달하였다.

'오! 예!'

베베토를 며칠 타지 못해 답답했던 마음이 뻥 뚫렸다.

예린이가 겁에 질려 있었지만 나는 멈출 수 없었다.

'걱정 마, 예린아. 보호 마법이 걸려 있어 절대 부서질 일
이 없어. 그리고 여차하면 날아버리지 뭐.'

지구에 와서는 거의 사용하지 않는 마법.

칼리얀 대륙에서 누리지 못했던 문명의 이기를 마음껏 누
릴 참이었다.

"혁아, 저기 속도 카메라야!"

전방에 나타난 속도 감지 카메라를 보고 알려주는 예린이.

“예린아, 뭐 해. 어서 브이 자를 그려줘야지!”

“……?”

운전하는 와중에 오른손을 들어 속도 카메라에 브이질을
했다.

파밧.

짧게 터지는 카메라에서 반사되는 빛.

다른 이들의 눈에는 보이지 않을 것이지만 모든 마나의 조
종인 9서클 마법사인 나에게는 보였다.

‘흐흐, 외교관 차량이라 했지.’

능력도 좋은 사부.

듣자 하니 지금 몰고 있는 이 차량은 외교관 차량으로 등록
된 법규 무적용 차량이라 했다.

“오! 예린아, 저기 휴게소다. 우리 호두과자하고 오징어 먹
자.”

“으… 응.”

난생처음 겪어보는 난폭 운전에 정신을 차리지 못하는 그
녀.

‘에구, 어떻게 모든 표정이 저렇게 예쁠 수 있을까?

절대 식지 않는 내 마음속의 바람기.

예린이를 향해 진하게 입맛을 다시고 있었다.

"아! 바다야……!"

심적으로 괴로웠을 예린이가 바다를 보고 깊게 한숨을 내쉬었다.

"좋지?"

"응, 여기가 말로만 듣던 격포 채석강이구나."

할아버지가 계시던 시골에서 얼마 멀지 않았던 격포 채석강.

아버지를 따라 상경하기 전 몇 번 들렀던 채석강 등대가 있는 방파제에 예린이를 데려왔다.

철썩철썩.

1월의 제법 매서운 파도가 방파제를 때리며 포말을 만들어 내었다.

"서해에도 이렇게 거친 바다가 있을 줄 몰랐어. 정말 시원해~!"

등대 앞에서 두 팔을 벌리고 차가운 바람을 맞으며 시원하다며 눈을 감는 예린이의 모습.

그동안 그녀가 겪었을 심적 고통이 얼마나 컸을지 짐작이 갔다.

"네가 좋다고 하니까… 나도 좋아."

"호호, 혁이 넌 정말 선수 같아."

바람 부는 겨울 바다에서 긴 머리칼을 날리며 미소 짓는 예린이의 모습.

바다의 여신이 나에게 보내주는 선물 같았다.

휘리리리링.

그리고 갑자기 불어오는 강한 바람 한줄기.

"어멋!"

놀라 소리치며 나를 붙잡는 예린이.

순간 나도 모르게 예린이를 와락 안아버렸다.

"하아……."

품속에 안겨 긴 숨을 내쉬는 예린이의 달콤한 숨 내음.

두근두근.

심장이 미친 말처럼 뛰기 시작했다.

사라락.

차가운 바람을 막아주는 것처럼 예린이의 가녀린 등을 껴안았다.

"…사랑해, 혁아……."

흘러가는 바닷바람을 타고 내 심장에서 울려오는 예린이의 사랑 고백.

아무것도 해준 것도 없건만 바보처럼 나를 사랑하는 여인.

'미안해, 예린아…….'

그러나 내 입에서 사랑한다는 말은 나오지 않았다.

곧 칼리얀으로 돌아가야 할 나.

그런 내가 예린이를 가슴에 담을 수는 없었다.

사라락.

그저 예린이를 내 품에 가득 안아버리는 것으로 그녀의 사랑 고백에 대한 답을 대신했다.

"배불러……."

등대에서 예기치 못한 예린이의 사랑 고백을 받았다.

하지만 답하지 못한 나.

맛있어 보이는 횟집으로 가 그녀에게 자연산 광어를 선물로 안겨줬다.

"전망 좋지?"

"응… 예뻐."

시간은 어느덧 저녁.

격포 전망대 커피숍에서 바라보는 바다는 낮과는 또 다른 아름다움으로 변신해 있었다.

"예린아, 너는 무슨 꿈을 꾸고 살아?"

언제나 사람들에게 묻고 사는 꿈 이야기.

저마다 다른 꿈을 꾸고 있지만, 꿈을 간직하고 살아가는 이들만큼 행복한 사람은 난 보지 못했다.

"현모양처… 난 좋은 아내, 좋은 엄마, 그리고 좋은 며느리가 되고 싶어."

"혁, 겨우 그거야?"

"겨우 그거라니. 혁이 너는 사람이 평범하게 사는 게 얼마나 어려운지 모르지? 생각해 봐. 좋은 아내가 되려면 낯선 남자를 가슴 깊이 담아야 하잖아. 그리고 좋은 엄마가 되려면 21세기를 이끌어갈 동량들을 키우는 센스있는 엄마답게 외국어 두 개쯤은 마스터해야지, 복잡해지는 수학 공식도 너끈히 풀 수 있을 정도로 똑똑해야지, 아이들 건강을 위해서 맛있는 음식도 만들어줘야잖아. 거기에 고부간의 갈등을 만들지 않는 좋은 며느리가 되려면 부모님 세대의 사상도 이해해야지. 현모양처가 얼마나 어려운 일인데……."

'혀, 현모양처에 그런 깊은 뜻이.'

예린이의 현모양처에 대한 지론에 할 말을 잃었다.

제국을 이끌고 만백성을 배불리 먹이고 평화롭게 하는 성군보다 더 어려운 일인 것처럼 느껴졌다.

"그런데 혁이 넌 꿈이 뭐야?"

한겨울임에도 아이스크림을 시켜놓고 작은 입에 크림을 묻혀가며 내 꿈을 묻는 예린이.

"난… 좋은 황제가 되고 싶어."

"화, 황제?"

좋은 황제가 되고 싶다는 말에 눈을 동그랗게 뜨는 예린이.

"호호호호호. 혁이 넌 가끔씩 엉뚱한 데가 있어. 갑자기 황제라니… 너 판타지 소설 그만 봐야겠다.”

진담이건만 믿지 않는 예린이의 모습.

‘이제 진실을 말할 때가 된 것 같군.’

더 이상 예린이를 속이고 싶지 않았다.

믿든 안 믿든 말을 해야 했다.

내가 없는 지난 3년 동안 나를 기다렸던 예린이의 마음.

거기에 나에게 사랑한다 고백했다.

어려운 형편에도 사랑하는 마음을 잃지 않는 그녀, 꿈이 현모양처라는 예린이에게 모든 진실을 말하고 싶었다.

“예린아, 이제부터 내 말 잘 들어. 네가 어떻게 생각하는지 몰라도 난 진실을 말할 테니까.”

“…….”

조용한 내 목소리에 내 눈동자를 바라보는 예린이.

고개를 조심스럽게 끄덕였다.

“우리 수학여행 갔던 1학년 때 생각나지.”

“응…….”

“나 사실 그때 이계에서 온 대마법사 아이달님에게 납치를 당했었다.”

“이, 이계? 지구 말고 다른 차원?”

“맞아. 너도 만화 같은 것을 읽어봤으면 알 거야. 나도 처음에는 믿지 못했어. 그런 세계가 있다는 것을 말이야. 하지만 진짜 사실이었어. 그리고 난 스승님의 제자가 되었고, 너희들과 해외로 놀러 갔던 그날 차원을 이동하게 됐어…….”

그리고 시작된 이야기.

칼리얀 대륙이라 불리는 이계로 넘어가 작은 마을에서 목숨을 구하고, 더 많은 지식을 알기 위하여 대륙을 횡단하여 제국 기사학교에 들어갔던 일, 그리고 베베토라는 와이번을 얻어 스카이나이트가 되었고, 황태자의 모함에 의하여 네루만이라는 영지에 발령이 났던 일, 그리고 그 후에 벌어진 모든 일들을 탁자 위에 일렁이는 촛불이 한없이 줄어들 때까지 입을 열어 말했다.

그런 내 말을 들으면서 놀래거나 슬퍼하거나 화가 난 표정을 지으며 빠져들어 가는 서예린.

“…그렇게 오늘 내가 여기에 있게 됐어.”

길고 긴 이야기가 끝이 났다.

초저녁에 들어왔건만 시간은 흘러 어느덧 깊은 밤.

전망대를 찾았던 손님들 중에 이제 남은 것은 우리밖에 없었다.

“그러니까 혁이 네 말은… 칼리얀 대륙이라는 곳의 황제라는 말이네.”

“응… 그래서 곧 돌아가 봐야 해.”

“하아…….”

애기가 끝나자 길게 한숨을 내쉬며 눈을 감는 예린이.

또로로로록.

갑자기 그녀의 감겨 있는 눈동자에서 긴 속눈썹을 타고 또로로 눈물이 방울져 흘러내렸다.

평범한 일반 사람들이라면 절대 믿을 수 없는 꿈 같은 이야기.

울고 있는 예린이를 보는 내 가슴이 아려왔다.

"도, 돌아가지 않으면 안 되겠지?"

눈을 뜨고 촉촉이 젖은 눈동자로 나에게 돌아가지 않으면 안 되겠냐 묻는 예린이.

"돌아가야 해. 이곳에서의 나도 중요하지만 칼리얀 대륙 네루만 제국 황제로서 할 일이 더 많아. 그리고… 난 그곳이 좋아."

"아……."

칼리얀 대륙이 좋다는 말에 아픈 신음을 흘리는 예린이.

거짓말 같은 내 말을 다 믿어주고 있었다.

"내가 너를 사랑하는데… 처음 너를 보았던 중학교 그때부터 너를 사랑했는데… 흑흑."

참지 못하고 뚝뚝 눈물을 흘렸다.

'마음 약해지면 안 돼, 강혁.'

더 이상 나로 인하여 상처받기를 원하지 않았다.

현모양처가 꿈인 예린이에게 나 같은 바람둥이는 필요치 않았다.

"칼리안 대륙에는 나를 사랑하는, 아니, 나도 사랑하는 여인들이 있어. 지구와 달리 그곳은 사랑하는 이들과 모두 함께 할 수 있어. 예린아, 미안하다. 나도 네가 싫은 것은 아니지만 너에게 더 이상 상처 주기 싫다."

이야기 중에 간간이 등장했던 여러 사랑하는 여인들의 이름.

그 이름을 들을 때마다 움찔움찔 놀라던 예린이는 내가 그녀들을 사랑한다는 말에 할 말을 잃고 멍한 표정을 지었다.

자신이 가지고 있는 가치관을 송두리째 뒤흔드는 내 폭탄 발언에 혼란스러운 것 같았다.

"미, 믿을게… 난 혁이 너를 믿으니까……."

흔들리는 눈동자로 믿겠다는 말을 꺼내었다.

"미안해, 예린아……."

이제는 모두 끝이었다.

첫사랑 예린이와의 아름다웠던 추억도 기억의 한편에 기록될 것이었다.

"혁아……."

조용히 나를 부르는 예린이.

눈동자에 찰랑거리는 이슬들이 가득했지만 어느새 웃고

있었다.

"응……."

"네가 대마법사라고 했지, 그것도 아주 높은."

"그래."

"그럼 내 소원 좀 들어줘."

"소원?"

"응, 지금 갑자기 생각났어."

갑자기 웃으며 소원을 들어달라는 예린이의 모습.

죄지은 것 많은 나는 고개를 끄덕였다.

"알았어."

"호호. 고마워. 그럼 지금 밖으로 나가자."

무슨 소원이 생각났는지 몰라도 밖으로 나가자는 예린이
의 활기찬 모습.

'다 들어줄게, 너의 소원.'

나를 3년간 기다려 준 여인에게 아까울 게 뭐가 있겠는가.

나는 그렇게 예린이를 따라 밖으로 나갔다.

계산을 마치고 나온 바깥.

바다의 맞바람이 부딪치는 밖은 상당히 추웠다.

"에어 실드."

추위에 효과 만점인 에어 실드.

팟!

나의 영창에 예린이와 나를 감싸는 푸른빛의 반투명한 구체.

"와아! 갑자기 바람이 하나도 안 들어와."

둥그런 막을 형성한 에어 실드를 보고 즐거워하는 예린이.

어린아이처럼 손을 들어 에어 실드 막을 만져 보았다.

"말랑말랑해. 부드럽고……."

공격 방어용 에어 실드가 아니었기에 젤리와 비슷한 성질을 가진 에어 실드.

공기로만 이뤄진 것이 아니라 대기 중의 수계열 마나도 섞여 일어난 현상이었다.

"안아줘."

"……?"

에어 실드를 만지다가 갑자기 안아달라는 그녀.

사락.

내가 안아주기 전에 내 품에 먼저 날아와 안겼다.

"나… 너를 만났던 그때부터 꿈꿨었어. 저 하늘을… 달이 뜬 저 하늘을 날아보고 싶어. 혁이… 네 품에 안겨서……."

내가 기억하지 못한 나를 기억하고 있는 소녀.

초승달이 떠 있는 밤하늘을 날고 싶다 말하였다.

그런 소녀의 소박한 꿈에 입가에 지어지는 미소.

사라락.

그녀의 허리를 따스하게 껴안았다.

"플라이!"

그리고 외쳐지는 플라이 마법 영창.

두둥실 몸이 떠올랐다.

"아…….."

발이 지상에 떨어지는 감촉에 아찔한 한숨을 내쉬는 예린이의 숨결.

사라라라라라라락.

초승달이 어여쁘게 뜬 격포의 밤하늘.

나와 예린이는 그렇게 잠들지 못하는 바다 위를 날았다.

칼리얀도, 지구도, 사랑도, 우정도 모두 다 잊고서.

그저 이 순간을 가슴에 담았다.

누가 뭐라 해도 우리는 서로의 마음을 잘 알고 있기에…….

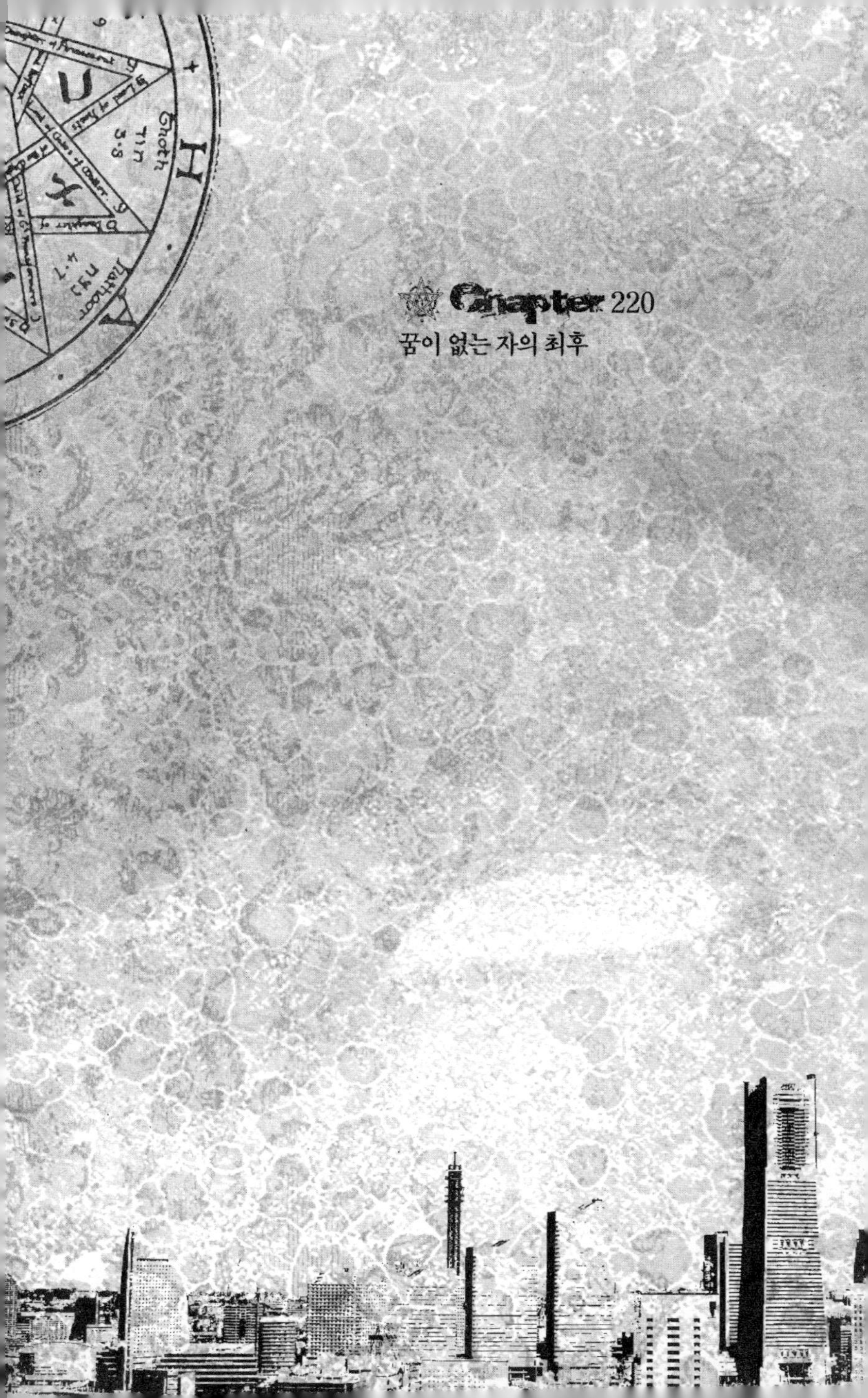

Chapter 220
꿈이 없는 자의 최후

부르르릉.

"훗……."

집 앞에 차를 주차시켰다.

예린이와 그렇게 잊지 못할 추억을 남긴 격포에서 돌아왔
다.

하지만 아직까지 입가에 미소 지을 정도로 남아 있는 여운.

그녀를 집에 데려다 주고 부모님 집 앞에 도착하였다.

'어라? 이 기운은 뭐야.'

차를 주차시키자 느껴지는 주변의 기운.

　살기에는 못 미쳤지만 칼리얀에서 숱하게 맛보았던 긴장된 마나가 집 주변을 흐르고 있었다.

　'얼라리요? 저것들은 누구셔?

　집 앞의 골목길과 주차된 차 안, 그리고 사방에서 느껴지는 십여 명의 기운.

　딸깍.

　차에서 내렸다.

　그리고 아무것도 모르는 척 집을 향해 걸어갔다.

　사사사삭.

　그때, 내가 나타나기를 기다렸다는 듯이 내 주변으로 빠르게 다가오는 사람들.

　제법 훈련을 쌓은 듯 움직임이 민첩했다.

　"어이, 친구."

　초인종을 누르려는 나를 부르는 걸쭉한 목소리.

　순진하고 겁먹은 표정으로 고개를 돌렸다.

　"잠시 우리 좀 따라와야 쓰겄어."

　진한 사투리를 사용하는 스포츠 형 머리칼의 남자.

　그리고 그 뒤에 서 있는 사내들.

　한눈에 봐도 배추김치를 사랑하는 모임의 회장 격인 각두기들이 분명했다.

　"……"

내가 멀뚱히 바라보자 씩 웃는 사투리 형님.

"조용히 따라오면 아무 일도 없을 것이여. 근디 좀만 반항하면 사정없이 패버릴 것이고만."

걸쭉한 입담을 자랑하는 사투리 형님의 협박.

"누, 누구세요……."

놀란 목소리로 겁먹은 표정을 지었다.

내 움츠린 모습에 만족한 모습을 보이는 놈들.

"…라고 말할 줄 알았지, 이 음식물 분리수거 통에도 못 들어가는 쉰내 나는 깍두기 새끼들아?"

하지만 뒤를 잇는 내 말에 순간적으로 인상들이 팍 구겨졌다.

"이 어린 쌍놈의 새깽이가 간뎅이가 배 밖으로 가출을 하셨고만. 어따 데고 행님들한테 반말이여. 잉! 한 대 처맞아야 정신을 차리겠네."

성격 더럽다는 것을 주뎅이로 마음껏 보여주는 스포츠 깍두기.

"사일런스. 인비지빌리티!"

순식간에 소음 차단 마법과 광역 투명 마법을 걸었다.

"……!!"

내 입에서 튀어나온 칼리안 대륙 언어와 갑자기 조용해진 주변에 놀라는 깍두기들.

"그래, 내 말이 그 말이야. 누울 자리도 모르고 깝치는 네 놈들은 좀 맞아야 쓰겄다."

스포츠 깍두기의 말투를 흉내 내며 입가에 비릿한 표정을 지어주었다.

"안 되겄다. 니는 좀 많이 맞아야겠다."

내 말에 머리가 빡 돌아버린 스포츠 깍두기.

험악한 표정을 지으며 내 앞에 섰다.

"아프더라도 참아야 헌다. 이게 다 사랑의 매……."

퍽!

"켁!"

말을 끝내기도 전에 날아간 내 오른발.

그대로 깍두기의 거시기 부분을 정확히 가격하고 있었다.

"으악, 으악, 으아아아악!"

터진 것이 아닌가 살짝 걱정될 정도로 바닥을 빌빌 기는 깍두기 놈.

"이 새끼가 감히 형님을!"

"홀드!"

눈을 부라리며 나에게 다가오는 몇몇 깍두기들.

그놈들을 홀드 마법으로 묶었다.

"윽, 이, 이게 뭐야."

아무리 용을 써도 풀려나지 않는 몸.

"너희들 오늘 잘못 걸렸다. 네놈들이 사용하는 주먹이 법이다라는 철학을 몸소 실천해 주마."

우두둑.

주먹을 움켜쥐며 놈들에게 다가갔다.

마법으로도 충분히 황천길로 보낼 수 있었지만, 이놈들 낳고 미역국 드셨을 깍두기들의 부모님 때문에 죽일 수는 없었다.

그 대신 내가 해줄 수 있는 유일한 교육 방법.

쉬이익!

퍼어억! 퍼버버벅!

적당히 손을 마나로 보호하며 날아가는 알리가 울고 갈 쨉과 스트레이트.

"컥……."

"아아악!"

곧 동이 터오려는 새벽에 벌어지는 집단 매타작.

나를 잘못 건드린 열 명의 깍두기들.

인생의 참맛을 뼈저리게 경험하는 순간이었다.

"마르소, 다 준비됐지."

"네, 마스터 혁. 이럴 줄 알고 매지션 그룹과 관련된 해외 주주들과 연관된 이사들을 선동하여 오성중공업의 임시주주총회를 소집해 놨습니다. 정확히 이틀 후, 1월 25일 주총이 있습니다."

"황 회장이 놀랐겠군."

"호호, 아마도 그럴 거예요. 대표이사 해임 건으로 소집된 주총이 자신의 뜻과 상관없이 이뤄진다는 것에 혈압 좀 올랐을 거예요."

사부의 특별 신임을 받는 마르소.

아직도 이십대건만 아는 것도 많고 일 처리도 깔끔하였다.

"그럼 그때 보도록 하지."

"네, 마스터."

두우우.

마르소와 전화 통화가 끝났다.

내가 많은 것을 알지 못하지만 내 뜻을 정확히 파악하고 일을 진행시킨 마르소.

그녀 덕분에 모든 것이 수월하게 진행되었다.

"이번 일만 잘 처리되면 내가 발리에 있는 리조트 하나 쏜다."

어차피 내 자산도 아니었고, 열심히 일한 자에게 혜택이 돌아가야 한다는 주의였기에 통 크게 마음먹었다.

"이제 새끼 늑대놈이 나타날 때가 됐는데……."

새벽의 평창동 습격사건.

나를 새끼늑대 녀석에게 잡아가려던 일단의 깍두기들은
내 손에 완전 정신이 개조되었고, 지금 내 앞에 무릎을 꿇고
있었다.

"저기 오시는군."

그런 놈들과 함께 있는 곳은 오랜만에 만나려는 친구(?)의
강화도 별장.

주변에 오고 가는 이가 없는 한적한 곳에 나를 납치하라 지
시했던 녀석의 차가 들어오고 있었다.

"야, 내 다시 한 번 말하는데 앞으로 이 생활 끝내라. 아니
면 평생 기어다니며 밥 먹게 만들 테니까."

"네! 형님!"

새파랗게 온몸에 멍이 들고 앞 이빨 하나씩은 사라진 깍두
기 형제들.

내 말에 힘차게 형님 소리를 복창했다.

끼이익.

밖에서 들리는 브레이크음.

"이 새끼들은 뭐 해? 황태자님이 오셨는데 마중도 안 나오
고."

"아, 됐어. 일 마치고 쉴 수도 있지."

결코 잊을 수 없는 싸가지없는 아새끼와 이 똘마니들의 두
목이라 불리는 놈의 목소리.

"죄송합니다. 안으로 드시지요."

밖에서 들려오는 꼴같잖은 소리들.

뚜벅뚜벅.

철컥.

별장의 철제문이 열렸다.

소파에 편하게 앉은 자세로 나를 끌고 오라는 겁대가리 상실 늑대새끼를 기다렸다.

"응?"

"이, 이게 뭐야! 네놈들 왜 그래!"

별장 안으로 미소를 지으며 들어서던 놈과 깍두기 두목의 놀란 목소리.

"왔냐."

가죽 소파에 앉은 채로 기다리던 늑대새끼를 맞이했다.

"가, 강혁……."

"왔으면 앉아라, 황성택. 별장이라고 부르기에도 민망한 집구석이지만 그래도 앉을 만은 할 것이야."

"이 새끼들아! 일어나! 지금 뭐 하는 짓이야!"

검정 양복을 착용한 30대 중반의 깍두기 두목.

무릎 꿇고 있는 자신의 부하들에게 버럭 소리를 질렀다.

"혀, 형님, 어서 앉으랑께요, 잘못 걸리면 큰형님께 디지라고 맞는당께요."

앞 이빨이 왕창 털린 스포츠 깍두기가 그래도 형님이라고 챙겼다.

"이 미친 새끼들 봤나. 누가 큰형님이야!"

"거참, 시끄럽게. 조용히 못해!"

마나를 돋워 소리치는 깍두기 두목에게 한마디를 던졌다.

퍼버벅!

콰다다당!

"컥······."

마나의 충격파에 얻어터지고 외마디 비명을 지르며 바닥을 사정없이 구르는 두목 놈.

"하하, 앉아. 싸가지없는 친구도 아닌 개새끼야."

정신이 반쯤 나간 황성택에게 친절하게 자리를 가리키며 앉으라 했다.

"네, 네가 이러고도 온전할 줄 알아! 우리 할아버지가 알면 네놈은 죽은 목숨이야······."

덜덜 떨면서도 자신의 가장 큰 버팀목인 할아버지를 끌어들이는 놈.

"쯧쯧. 성년이 된 놈이 아직도 지 할애비를 믿고 설치다니. 너 그렇게 정신적으로 덜 성숙하고도 고등학교 졸업장 받을래?"

"이 새끼가!"

나의 도발에 발끈하고 도발해 오는 놈.

"야, 돈 있으면 할아버지에게 성형 수술도 시켜달라고 하고 키도 좀 늘려달라고 하지. 그 꼬라지가 뭐냐? 나이도 얼마 안 처먹은 새끼가 뱃살은 툭 튀어나와서. 에휴, 넌 칼리안에 갔으면 완전 오크 특식 통구이감이야."

혀를 차며 안타까워하자 얼굴이 새빨개진 놈.

"죽어, 이 개새끼야!"

휘이익.

제법 통통하게 튀어나온 뱃살을 출렁이며 마른 주먹을 휘둘러 오는 황성택.

앞에 있던 재떨이를 들어 그대로 놈의 마빡을 후려쳐 버렸다.

퍽!

"아악!"

묵직한 느낌과 함께 마빡을 얻어터지고 비명을 지르는 황성택.

"재떨이 한번 튼튼하네."

놈의 상처 따위에는 관심을 보이지 않고 재떨이 튼튼한 것에 감탄을 터뜨렸다.

"흑… 너… 죽여 버릴 거야!"

아직 정신을 차리지 못한 놈.

"그래? 그전에 난 널 반병신 만들 참인데. 어떡하지?"

아직도 내가 평범한 대한민국 고삐리인 줄 아는 놈.

거친 칼리안 대륙의 용병들도 나만 보면 오줌을 지리고 고개를 처박는데, 돈만 믿고 설친 음흉한 늑대새끼가 나를 어찌할 수 있단 말인가.

"자, 그럼 이제 한번 시작해 볼까. 힐!"

피를 질질 흘리는 놈의 마빡의 상처를 치료해 주었다.

쉬이익.

그리고 상처가 아물자 가차없이 허공을 가르는 재떨이.

퍼억!

"아아아악!"

그 뒤에 울려 퍼지는 황성택의 비명 소리.

놈은 오늘 잘못 걸렸다.

때린 데 또 때리고, 상처나면 치료하고 또 때리리라 나는 마음먹었다.

인간이기를 포기한 더러운 인간의 탈을 쓴 종자.

이런 놈은 평생 정신줄 놓고 사는 것이 세계 평화에 이바지하는 길이었다.

"그럼 본격적으로 임시주총을 시작하겠습니다. 총회 소집을 주청하신 제너시스 컴퍼니스의 대리인인 장병철 변호사께서 의제 발언을 하시겠습니다."

갑자기 소집된 오성그룹의 핵심 기업 중 하나인 오성중공업의 임시주주총회.

오성중공업의 주식 6%를 보유한 제너시스 컴퍼니스와 몇몇 대주주들이 경영 무능을 이유로 대표이사 해임과 기타 이사진의 해임을 제안해 왔다.

"장병철입니다."

고개를 숙이고 주총장의 단상에 오른 장병철 변호사.

준비된 자료를 보며 입을 열기 시작했다.

"여러 주주님들도 알다시피 오성중공업은 대한민국을 대표하는 선박과 플렌트 산업의 대표주자입니다. 그런 오성중공업의 현 황병철 대표이사의 해임을 건의하는 것을 유감으로 생각하는 바입니다. 황 대표님은 저와도 안면이 깊은 동문 선배이시기도 합니다. 하지만 공은 공이요, 사는 사입니다. 앞으로 격변하는 세계 시장에서 오성중공업이 살아남고 주주의 이익이 극대화될 수 있는 길이 이 방법밖에 없다는 제너시스 컴퍼니스의 회사 방침을 저도 동감하며 황병철 대표이사와 현 경영 이사진의 무능을 이유로 해임 건의를 발의하는 바입니다."

짧게 해임 건의를 발의하는 장병철 변호사.

"그게 무슨 소리란 말인가! 작년 한 해만도 3조원의 영업이익을 올렸건만 무능이라니! 내 이런 어처구니없는 해임 건의를 봤나!"

중요 귀빈석에 앉아 있는 오성그룹의 황만혁 회장이 자신의 친동생 황병철 회장의 해임 건의안에 발끈하며 소리쳤다.

아닌 밤중에 홍두깨도 아니고 갑작스럽게 결정된 임시주주총회.

주요 대주주들의 소집과 오성중공업의 사외이사, 그리고 대주주들이 임명한 이사들이 이사회에서 동의하여 갑작스럽게 주주총회가 잡혀 버렸다.

그런 예상치도 못한 주주총회에 황만혁 회장은 분노로 인하여 며칠 동안 밤잠을 설쳤다.

"회장님, 하실 말씀이 있으시다면 정식으로 발언해 주십시오."

사회를 맡고 있는 이가 회장에게 발언권을 넘기려 했다.

"그럼 내 한마디 하겠네."

귀빈석에서 일어나 단상으로 다가간 황만혁 회장.

칠순이 넘었건만 짱짱한 모습이 젊은 사람 못지않은 패기를 보였다.

"갑작스럽게 소집된 임시주총에 본인은 심히 유감스럽게 생각하는 바입니다. 여기 계시는 대주주님과 대리인들도 알다시피 오성그룹은 오직 주주들의 이익을 위하여 오늘날까지 이르렀습니다. 그런데 유능한 경영진을 무능함으로 내몰고 교체를 한다니요. 이건 상식적으로 일어날 일이 아닙니다. 모두들 그 점을 참조해 주시고 소중한 권리를 행사해 주십시오."

출자전환 구조의 핵심 중 하나인 오성중공업.

오성중공업이 대주주로 있는 오성호텔이 만약 타인에게 넘어가면 그룹의 핵심인 오성전자의 경영권이 위협받았다.

그렇기에 만사 제쳐 두고 주주총회장을 찾은 황만혁 회장.

눈을 부라리며 주주들을 바라보았다.

"오성중공업의 3%의 주식을 소유하고 있는 헤르만 컨설턴트의 강찬수 이사입니다. 오늘 회사의 대리인으로 발언권을 요청합니다."

듣고 있던 강찬수 이사가 발언권을 요청했다.

"인정합니다. 하실 말씀이 있다면 발언해 주십시오."

황만혁 회장이 물러나자 단상에 오른 강찬수 이사.

한때 펀드매니저였다가 세계적 컨설턴트 회사의 이사로 임명된 것은 재계에 자자하게 퍼진 놀라운 소문 중의 하나였다.

"황 회장님의 말씀 잘 들었습니다. 회사는 주주의 권리를 위해서 존재하는 이익집단임을 저는 부정하지 않겠습니다. 하지만 듣고 있자니 속에서 열불이 나서 이 자리에 섰습니다."

말을 하면서 귀빈석의 황 회장을 바라보는 강찬수 이사.

"저는 참다운 기업이란 이런 것이라 생각합니다. 눈앞의 작은 이익을 위하여 못 가진 자의 주머니를 털어서는 안 되는 것이며, 하청업체나 자신의 사업체나 똑같은 마음으로 바라보며 서로의 이익을 극대화시켜 제품의 경쟁력을 높이는 상생의 길을 최대한 모색해야 하며, 돈이 아닌 다음 세대를 위한 꿈을 위해 투자할 줄 아는 그런 멋진 생명력을 품은 기업이 참된 기업이라 생각합니다."

뜨거운 마음이 담긴 강 이사의 발언.

조용해진 회의장을 넓게 울려 퍼져 나갔다.

"그런데 오성중공업이 과연 그런 상생을 생각하는 기업입니까? 아니, 오성그룹이 과연 그런 꿈을 가지고 미래를 위해 전진하는 그런 기업이라 생각하십니까?"

의문을 던지는 강 이사.

"아닙니다. 아마도 그것은 대한민국에 살면서 깨어 있는 분들이라면 다 아는 사실입니다. 하지만 알고도 국민들은 입을 다물고 있습니다. 먹고살아야 하기에, 미워도 오성이 있어야 대한민국이 있기에 다들 참고 살 뿐입니다. 하지만 그것이 언제까지겠습니까? 꿈도 없는 기업을 세상이 가만히 놔둘 것 같습니까? 세계 일류라 말하지만 그 내실이 어떻습니까? 거대한 몸집만 존재했지 관련 특허나 원천기술을 확보하지 못

하고 타 기업들만 배불리는 기업이 바로 오성이 아닙니까! 이
제는 변해야 합니다. 꿈을 가지고 미래를 내다보는 안목으로
기업을 이끌어야 할 때입니다. 그리고 저는 오늘이 그런 꿈을
위해 첫발을 내딛는 아주 중요한 날이라 생각합니다. 여러 대
주주님들, 잠시간의 이익을 위하여 오성을 이대로 두고자 하
십니까? 그러지 마십시오. 우리는 오늘 얻을 하나의 황금알
보다는 내일, 모레, 그리고 그 다음날, 다다음날도 황금알을
낳는 거위를 만들어야 합니다. 그렇기에 저는 제안하는 바입
니다. 오성중공업을 이제 가족경영이 아닌 전문경영인을 도
입하여 세계 유수의 기업이 되어 오래도록 우리 주주들에게
황금알을 낳는 거위가 될 수 있도록 힘을 합쳐야 할 것이라
생각합니다. 그런 제 뜻을 조금이라도 아신다면 주주 여러분
들의 현명한 권리행사를 부탁드리는 바입니다."

　말을 마치고 단상에서 고개를 숙이는 강 이사.

　짝짝짝짝짝.

　"맞소! 이제 오성중공업은 전문경영인을 영입해야 할 것이
오!"

　"오성그룹에 우리 주주들의 재산을 맡길 수 없소이다!"

　"모두 힘을 합칩시다!"

　소액주주들이 환호성을 지르며 강 이사의 발언에 동조했
다.

"그, 그럼 바로 투표를 시작하겠습니다. 권리를 행사하실 분들은 각자의 지분대로 의결을 행사하여 주십시오. 황병철 대표이사님의 해임과 대표이사로 주청된 이정광 대표이사님의 표결을 동시에 시작하겠습니다."

주총이 벌어지고 있는 오성호텔의 대연회장.

각자의 지분을 가진 이들이 차례로 의사결정을 하기 시작했다.

'아버지, 훌륭하십니다!'

한때는 이가 빠진 수사자인 줄 알았건만 아직도 사파리를 누벼도 될 제왕의 포스를 보이는 아버지의 명연설.

마르소와 제일 뒤편에 앉아 주주총회를 구경하고 있었다.

"그럼 결과를 발표하겠습니다."

"……."

참가한 소액주주들의 지분까지 합산하느라 약 삼십여 분의 시간이 흘렀다.

그리고 시작된 대표이사 해임과 새로운 대표이사 선임 건.

긴장되는 순간이었기에 모두의 눈동자가 사회자에게 향하고 있었다.

"화, 황병철 대표 해임 반대… 41.3%, 해임 찬성… 57%… 입니다. 나머지는 기권입니다."

“와아아아아아아아아아!”

“오성중공업 만세! 대한민국 만세!”

하청업체들 중에 오성중공업의 주식을 소유한 이들이 많은지 해임 결의가 통과되자 만세 소리까지 흘러나왔다.

“오성중공업의 새로운 대표이사로 이정광님을 선출하였음을 선포하는 바입니다.”

“헉……!”

만세 소리와 다르게 귀빈석에 앉아 얼굴이 굳어버린 황 회장.

순식간에 10년은 더 늙어 보이는 모습이 예전에 나에게 검을 꺾였던 늙은 공작을 보는 것 같았다.

“말도 안 돼! 이건 무효야, 무효!”

악몽에서 깨어난 황 회장이 악을 쓰며 무효를 외쳤다.

하지만 모든 것이 적법하게 일어난 일.

앞으로 오성중공업은 더 이상 오성그룹 소속이 아니었다.

“회장님…….”

길길이 날뛰는 황 회장을 모시는 수행비서들이 하얗게 질려 황 회장을 출입구 쪽으로 인도했다.

자칫 이 자리에서 막말이라도 했다가는 출자전환의 고리가 깨진 다른 기업까지 영향을 미칠까 염려하는 것이리라.

“잠깐 나갔다 올게.”

“네, 마스터.”

연한 선글라스를 낀 마르소.

그녀에게 다녀온다는 말을 하며 황 회장이 나간 방향으로 걸음을 옮겼다.

“이 비서, 바로 소송을 준비해.”

“회, 회장님.”

“아무 말도 말고 즉시 주총 무효 소송을 제기해. 윗사람들과 판사들에게도 아낌없이 돈을 뿌려.”

“무리입니다. 외국계 대주주들이 가만있지 않을 것입니다.”

“이 사람이 아직도 나를 몰라! 그럼 앉아서 죽으란 말이야!”

밖으로 나가면서도 화를 벌컥 내는 황만혁 회장.

지금까지 그러했다.

돈과 결탁된 정치권과 사법권을 이용하여 지금의 오성그룹을 이룩해 온 것이다.

“하하, 여전하십니다. 해병대 출신도 아니시면서 안 되면 되게 할 작정이신 것 같습니다.”

“누구야!”

평소의 냉정한 모습은 어디로 가고 소리가 들려오는 방향으로 화를 벌컥 내며 바라보는 황만혁 회장.

"그동안 안녕하셨습니까. 3년 전 여기서 뵈었죠. 대한고등
학교의 강혁이라고 합니다."

"강혁?"

갑자기 나타난 강혁이라 불리는 청년을 기억 못하는 황 회
장.

그러나 직감할 수 있었다.

이번에 벌어진 일과 눈앞의 청년이 무언가 연관이 있다는
것을 말이다.

"어르신에 대한 마지막 예의로 말씀드리겠습니다. 이제는
모든 것을 놓으시고 쉬십시오. 그것이 국가와 어르신 건강을
위해서 좋을 것입니다."

"이 어린놈의 새끼가 어디서!"

마법을 펼치면 한주먹 거리도 안 되는 노인이 화를 내고 있
었다.

그동안 나름대로 국가 발전에 이바지한 공로를 인정하여
조용한 경고를 날렸건만 듣지 않았다.

"꿈이 없는 사람은… 이미 목숨이 다한 사람입니다. 오늘
부로 회장님은 버리시는 연습을 해야 할 것입니다. 어차피…
황 회장님도 모든 것을 다른 이들로부터 빌려 쓰고 계셨으니
까요."

이 말을 3년 전에 해주고 싶었다.

그러나 그때는 내가 그럴 만한 힘도 없었고 자격도 없었다.

하지만 이제는 아니었다.

수천만, 아니, 수억이 될 칼리안 대륙 사람들의 운명을 이끌어갈 황제라면 이 정도 말은 해도 되었다.

"으드득… 네 애비 놈이 방금 전 사람들을 홀린 강찬수겠구나."

아직 내 말뜻을 알지 못하고 줄줄이 분노를 뿜어내는 황 회장.

눈칫밥이 귀신인지 내 이름만으로 아버지를 알아내었다.

"참 예의가 바가지시군요. 자식 앞에서 대놓고 애비놈이라니요. 쯧쯧… 그러니 손자 놈이 그렇게 배운 바가 없지요."

나이 먹었다고 참는 것도 한계가 있었다.

태어날 때는 빨랐을지 몰라도 죽을 때는 누가 죽을지 모르는 법.

산 자에 대한 예의를 차리지 못하는 회장에게 비릿한 조소를 지어주었다.

"이, 이놈이!"

"이보게, 젊은이. 회장님께 너무하는 것 아닌가!"

황 회장을 모시고 있는 수행비서와 경호원들이 나서려 했다.

"옆에서 지켜본 당신들은 잘 알고 있겠군요. 여기 계시는 회장님이 어떤 분인지 말입니다. 그러는 것 아닙니다. 아무리 먹고살기 힘들어도 사람 같은 사람 밑에서 일을 해야지."

어리다고 해서 충고를 못할 것도 없었다.

배운 바는 먼저였을지라도 깨우치는 것은 순서가 없었다.

"제가 바빠서 이만 돌아가겠습니다. 아마 다음에 뵐 때는 회장님이라 부르는 일이 없을 것 같군요. 그럼……."

싸가지있는 가문에서 태어난 아들답게 꾸벅 인사를 하고 뒤돌아섰다.

"네 이노오오오오오오옴!!!!!!!!!!!!!!!!!!!"

그런 내 등 뒤에서 들리는 황 회장의 분노에 찬 외침.

"후후후……."

등을 돌리지 않았다.

좋게 죽는 꿈도 못 꿀 황 회장.

이미 나에게는 죽은 이와 다를 바 없었다.

"잘 갔다 와~"

"오! 아들, 대단한데. 벌써 출장이야?"

"아버지 어머니, 저 이번에 가면 몇 년이 걸릴지도 몰라요!"

"그래? 호호, 그럼 다음 선물도 기대할게."

"남자라면 어릴 적부터 큰물에서 놀아야지. 옛말에 이런 말도 있지 않느냐. 여자는 태어나면 성형외과에 보내고 남자는 태어나면 세상을 뺑뺑이 돌리라고 말이야."

말도 안 되는 격언을 아무 생각과 사심 없이(?) 뱉어내는 부모님.

'크으, 그런 거였어. 난 주워온 자식이 분명해.'

어머니가 나를 임신할 때 찍은 사진도 보았고, 내 고추가 찍힌 돌 사진도 있건만 난 믿을 수 없었다.

어떻게 하나뿐인 자식이 몇 년 동안 연락 한 번 없었건만 잘 지낼 수 있단 말인가.

그리고 또 이렇게 떠나건만 걱정 대신 짐을 털어버리는 표정을 지을 수 있단 말인가.

"알겠습니다. 그럼 아들 돌아오는 동안 잘 먹고 잘살고 계십시오."

웃으면서 나를 떠나보내건만 아들인 내가 이별의 슬픔을 논할 수 있겠는가.

꾸벅 인사를 하였다.

"혁아……."

그때 조용히 나를 부르는 아버지.

"네… 아버지."

'그래, 멋진 아버지는 한마디 말이라도 해주시겠지.'

사차원 세계를 가지신 어머니는 그렇다 치더라도 나름대로 평범하신 아버지는 나를 떠나보냄에 서운함을 표현하실 것 같았다.

"네가 있는 동안에……."

안타까운 눈동자로 나를 보시는 아버지.

'말 안 해도 알아요. 아버지, 저도 아버지를…….'

"밥값 많이 들었다. 저기 밖에 세워둔 차 놓고 가거라."

"맞아요. 물값도 많이 들었어요. 좀 손해 본 것 같지만 차로 만족하죠 뭐."

"……!!!!!!"

마음속으로 사랑한다는 말을 꺼내려 했건만 내 꿈을 산산이 날려 버리시는 두 분의 말씀.

"흑흑! 엄마 아빠 미워요!"

비정한 정에 비 오듯 흘러나오는 눈물.

나는 그렇게 등을 돌렸다.

"다음에 올 때 다른 곳에 이사 가더라도 잘 찾아와라."

"올 때 꼭 선물 사오는 것 잊지 말고!"

그런 내 등에 사정없이 박히는 부모님의 비수 같은 단어들.

'이씨, 다음에는 국물도 없어요!'

네루만 제국 황제 카이어, 부모님의 매정한 정에 눈물을 흘리며 집에서 쫓겨(?)났다.

‘그래도 아프지 마세요……’
밖으로 나와 두 분이 계시는 집을 향해 꾸벅 절을 올렸다.
미우나 고우나 우리 부모님.
언제나 건강하시기를 마음속으로 기원하였다.

“갔나요……”
“응……”
“휴우… 우리 이래도 되나 몰라요. 아직 어린 나이인
데……”
아들이 떠나가는 뒷모습을 창가에서 바라보는 아버지와
그런 아버지의 눈을 통해서 아들을 보내는 어머니.
“아이달 그분이 잘 봐주시겠지. 지금껏 그렇듯이……”
“네, 그래야죠. 혁이는 하나뿐인 무량 강씨 45대 종손인걸
요.”
멀리 떠나간 아들.
그런 아들을 향해 기도하는 두 부모.
세상 모든 자식들은 몰랐다.
자신들이 생각하는 열 배, 백배 이상으로 부모가 그들을 사
랑한다는 것을 말이다.

‘잘 가라는 연락도 없네……’

어느새 돌아온 사부의 아이슬란드 지하 마탑.

9서클 마법을 이용하여 차원 이동에 사용될 마나를 마정석으로 급속 충전했다.

그런 내가 바라보는 핸드폰.

문자 한 통 올 수도 있건만 예린이한테서는 아무런 문자가 없었다.

그날, 나와 바다를 날던 그날 이후로.

"자, 이제 돌아가 볼까."

이제는 마음대로 차원을 이동할 수 있는 9서클 대마법사.

내 스스로 생각만 해도 대견한 21세기 대마법사라는 타이틀.

누가 있어 전에도 후에도 이런 경험을 할 수 있겠는가.

스스슥.

옷을 갈아입었다.

네루만 황성에서 출발할 때 입었던 로브를 착용하고 지구에서 입었던 옷을 벗었다.

'9서클 마법사도 전자 물품들은 하나도 못 가져가네. 만약 아공간만 무사히 이동시킬 수 있다면 대박일 텐데.'

그렇다고 해서 칼리안 대륙에 21세기 문명들을 모두 다 전수할 생각은 없었다.

아직 많은 것이 부족하고 불편하지만 마음으로는 행복하

게 사는 칼리얀 대륙 사람들.

그런 그들을 최대한 나의 힘으로 행복한 삶을 영유하게 만들고 싶은 것이 황제인 나의 마음이었다.

"이제 출발해 볼까……."

칼리얀에 도착하면 황제 놀이에 적응하느라 한동안 찾아오지 못할 지구.

아쉬운 마음에 사부의 마탑을 한 번 뒤돌아보았다.

띠링.

그때 탁자 위에 놓아둔 옷에서 들려오는 문자음.

타다닥.

급하게 핸드폰을 집어 들었다.

"예린이가……."

문자에 찍혀 있는 하트를 비롯한 여러 가지 사랑을 표시하는 이모티콘.

띠링.

두 번째 울리는 문자음.

그리고 적혀 있는 글자.

기다릴게… 다음에는 꼭 나도 데려가. 아무리 생각해도 혁이 너 없으면 세상이 아무 재미도 없어. 그리고 베베로 꼭 태워줘.

너를 사랑하는 영원한 바보가.

“아…….”

기다렸던 예린이의 마음.

그녀를 떠나보내야 했건만 추억이 작지 않아 잊을 수 없었다.

그런데 그녀가 마음을 전해왔다.

나를 이해하고 나와 함께하기로 말이다.

“움하하하하하하하하하하하하하하하하!”

기쁨에 터져 나오는 호탕한 웃음.

아무리 생각해도 너무나 멋진 남자 강혁.

역시 난 하늘도 포기한 희대의 바람둥이가 분명했다.

에필로그

"어휴. 하필 좌표 숫자 하나가 틀리다니. 정말 자나깨나 숫
자 조심이라니까."

사부를 믿은 내가 바보였다.

사부의 아이슬란드 마탑에서 차원 이동한 칼리얀 대륙.

내가 지정한 네루만 황성 마법진 위가 아니라 생전 보도 듣
도 못한 풍경을 맞이하고 있었다.

"여기는 어디야?"

환경은 칼리얀 대륙과 별반 다를 게 없지만 좀 더 따스하고
습기가 많았다.

　이런 기후 특성은 아무래도 말로만 듣던 이라크츠 제국이 있는 동대륙인 것 같았다.

　차자자장!

　꾸에에에에에엑!

　그때 상당히 멀리서 들려오는 무기 부딪치는 소리와 함께 오크의 돼지 멱따는 비명이 들려왔다.

　"전투?"

　저 멀리 한 번도 본 적 없는 산맥과 바람을 타고 들려오는 전투음에 내가 취할 행동은 단 하나.

　바로 좌표를 알고 있는 네루만 황성에 게이트웨이를 열고 갈 수도 있지만 가슴속 깊은 곳에서 솟아오르는 호기심.

　"플라이!"

　가볍게 플라이 마법을 외치며 전투 소음이 들려오는 호기심 현장으로 날아갔다.

　그리고 잠시 후 발견한 한 장면.

　수백 마리의 오크 전사들이 기사 두 명과 병사들 수십 명이 보호하고 있는 마차를 공격하고 있는 모습이 보였다.

　"쯧쯧, 실력들 하고는……."

　네루만 기사들이라면 능히 저 정도 오크들은 처리할 수 있건만 너무나 약한 기사들.

　그리고 그런 기사들에 어울리는 헐벗은 병사들.

산골짜기 영지 소속 기사들과 병사들이 분명했다.

"크아아악!"

"마, 마차를 사수하라!"

수와 기세의 열세 속에 쓰러져 가는 병사들.

그대로 보고 있을 수 없었다.

"파이어 스피어!"

조종하기 쉬운 파이어 스피어.

그대로 플라이 마법을 펼치면서 하늘에서 불침을 날렸다.

쇄애애애애애액.

퍼엉! 퍼엉!

오크 가죽에 부딪치며 맹렬하게 타오르는 마법 불꽃.

꾸에에에에엑. 케에에에에엑!

갑작스러운 마법 공격에 비명을 지르며 통구이가 돼가는 오크 전사들.

'빨리빨리 집에들 가라.'

칼리얀 대륙에 도착한 첫날부터 전투에 피곤해지기 싫었기에 귀찮은 표정으로 오크들이 떨어져 나가기를 바랐다.

"쿠게바르!!!"

그리고 잠시 후 약 100여 마리의 오크들이 마법 통구이가 되자 오크 전사들이 후퇴하기 시작했다.

"마, 마법사님이 나타나셨다!"

"오오오! 신께서 우리 얀트레 백작가를 버리시지 않았구나!"

오크들을 간단히 정리하는 나를 보고 신을 찾고 십 년 만에 집 나간 마누라가 돌아온 기쁨에 젖은 홀아비 같은 표정을 짓는 기사들과 병사들.

대륙에서 하도 보아온 일이었기에 이제는 사람들의 감동에도 무덤덤했다.

'이게 무슨 백작가야? 준남작가도 이보다는 낫겠네.'

사람 무시하는 스타일은 아니지만 아무리 봐도 돈 없고 궁상맞아 보이는 얀트레 백작가 사람들.

여기가 어디냐고 물어보기 위하여 잠시 마차 옆에 착지해 주었다.

'분명 마차에서 귀족 한 명이 나타나 목숨을 구해준 은인 어쩌고저쩌고 하면서 나를 백작가로 초대하겠지. 그리고 어려운 영지 사정을 말하면서 같이 피땀 흘려서 키워보자고 할 테고 말이야.'

이제는 하도 봐서 신물이 나는 신파극 귀족들의 작태.

덜컹.

내 예상대로 마차의 문이 열렸다.

그리고 보이는 새하얀 가죽신과 푸른 드레스 자락.

'오잉? 여자?'

그래도 남자보다 백배 나은 여자 귀족의 등장.

기사에게 이곳의 정확한 위치를 물으려다가 입을 닫았다.

찌리리릿.

무언가 심상치 않음을 말해주는 본능의 전류.

"어떤 마법사님이신지요, 부족한 저희들을 구해주신……."

아침 이슬이 풀잎을 스치는 목소리가 저럴까, 이름 모를 산새가 혼자 가는 나그네를 위하여 울어주는 아름다운 목소리가 저럴까.

듣는 나로 하여금 황홀감에 빠지게 만드는 여인이 목소리.

"아!"

여인이 나를 보며 탄성을 터뜨렸다.

"아……."

그에 지지 않고 열리는 나의 입술.

'주, 죽인다!'

누가 그랬던가.

세상은 넓고, 넓은 만큼 미인도 많다고.

아르미스와 아이지스, 그리고 로시아테와 뭇 여인들과 비교해도 전혀 손색이 없는 여인.

키는 168 정도.

수수한 푸른 드레스가 여인의 백지장 같은 하얀 피부와 너무나 잘 어울렸고, 하늘을 담은 듯한 은은한 하늘빛 눈동자는 보는 나로 하여금 푹 빠져들어 헤엄치고 싶은 충동을 만들어냈다.

'지켜주고 싶다. 죽어서라도⋯⋯.'

그리고 내 마음속을 움직이는 한 마음.

보는 나로 하여금 내가 지켜줘야 한다는 착각에 빠져들게 만드는 외로움과 슬픔 가득한 모습.

"목숨을 구해주셔서 감사합니다. 도베스 왕국 얀트레 백작가의 가주인 크라리아 드 얀트레라 합니다. 은인께 다시 한 번 고개 숙이는 바입니다."

드레스 앞자락을 오른손으로 가지런히 누르고 고개를 숙이는 크라리아 백작.

'어흑, 저런 미녀가 이런 기사들을 믿고 여태 살았단 말이야?'

울컥 스치는 분노.

어찌 신들은 저런 미인들을 위기에 항상 처하게 하는지 모르겠다.

그리고 천하의 미인들이 비명횡사하면 미인박명이네 어쩌네 하면서 핑계를 대는 운명의 신들.

절대 내가 그 꼴을 볼 수는 없었다.

"아닙니다. 당연히 마나의 따뜻한 정의를 알고 있는 마법사라면 의당 해야 할 일이었습니다. 너무 개의치 마십시오."

갈고닦은 황실 예법.

무례한 마법사답지 않게 최대한의 매너를 보였다.

"훌륭한 의식을 가지신 마법사님이시군요. 바쁘지 않으시다면 초라하지만 제 성에 초대하고 싶은데, 어떠신지……."

예상대로 나를 초대하는 미인 백작.

잠깐 갈등이 일었다.

하지만 그 고민은 3초를 넘기지 못했다.

"초대만 해주시면 영광이옵니다. 제 이름은 카이론, 그냥 론이라 불러주십시오."

기가 막히게 튀어나오는 거짓말.

'흐흐, 내 언제 돌아온다고 약속은 안 했잖아. 그리고 이렇게 어려운 영지를 소유하신 미모의 백작을 버린다면… 하늘이 용서치 않을 것이야.'

생각을 하면서도 절대 하늘을 올려다보지 않았다.

시커먼 내 마음을 꿰뚫고 계신 하늘의 모든 신들.

괜히 미움 사 날벼락 맞고 싶은 마음은 전혀 없었다.

'캬아, 좋다~! 이 깨끗하고 넓은 공기. 난 역시 마음껏 뛰놀 수 있는 물 좋은 초원(?)의 한 마리 수사자 체질인가 봐.'

나를 바라보며 얼굴을 사르르 붉히는 크라리아.

그런 그녀를 향해 멋진 남자의 미소를 보이고 있는 나.

그렇게 운명의 여신 파라안님은 나와 놀기를 선택하셨다.

21세기 대마법사와 함께 황제 놀이를 즐기는 것보다 자유스러운 꿈을 꾸시기를 원하셨다.

　그리고 나는 거부하지 않았다.

　난 언제까지나 자유를 먹고사는 한 마리 수사자.

　한 번 찜한 먹이는 절대 놓칠 수 없었다.

　내가 저 하늘을 날 수 있는 꿈꾸기를 포기하는 그날까지 말이다…….

『21세기 대마법사』 완결

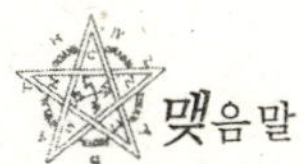 맺음말

옴마니반메훔.

글쟁이의 마음에 흡족하지 못한 또 하나의 부족한 작품이 완결
되었습니다. 1년이 조금 넘는 세월 동안 강혁을 따라 여행했지만,
아직도 목마름은 남아 있습니다.

그러나 이제 완결이라는 이름으로 혁이와는 이별을 하게 되었
습니다. 강혁이 꿈꾸던 파라다이스에서 머물지 못하지만 잠시나
마 목을 축일 수 있었던 것만으로 이번 '21세기 대마법사' 에 대한
감사함을 전하고 싶습니다.

글을 쓴다는 것, 참으로 감사하고 귀한 하늘이 주신 선물이라 생각합니다.

매번 캐릭터들과 동화되어 꿈꾸며 살고 있는 제 자신을 발견할 때마다 이거야말로 세상에서 가장 큰 축복 중의 하나가 아닐까 생각을 합니다.

물론 그런 부족한 저의 꿈을 같이 즐거워해 주시고 참가해 주시는 독자님들께 감사하는 마음 또한 항상 기억하고 있습니다.

독자님들이 있기에 제가 이런 아름다운 꿈속에서 살 수 있는 것이기에 제가 느끼는 모든 기쁨을 전해 드리려 최선을 다했으며, 앞으로도 제가 할 수 있는 모든 노력을 다할 것입니다.

그런 글쟁이를 앞으로도 사랑해 주시기를 간절히 바라며 이번 작품의 인사를 대신하겠습니다.

독자분들 하시는 일들 모두 혁이가 말하는 것처럼 꿈을 잃지 않고 이뤄 나가시기를 두 손 모아 기도드리겠습니다.

그리고 21세기 대마법사를 완결날 때까지 옆에서 지켜주신 온 중생을 사랑해 주시는 불보살님들, 선신님들, 내 사랑하는 가족과 다섯 별들, 울보 경보 스님, 청어람 사장님과 직원 여러분들, 마지막으로 모든 동료 작가 선후배님들께 감사의 인사를 전하는 바입니다.

무림군자

장진영 新무협 판타지 소설

무림은 그를 영웅이라 불렀고,
그는 자신을 소인이라 칭했다.

"사람이 가져야 할 것 중 가장 기본은 인의(人義). 자신이 정한 바
를 흔들림없이 나아가는
것이 바로 군자의 도(道)다."

얽히고설킨 그들의 인연에 의해 시간의 수레바퀴가 돌아가고,
숨죽였던 무림이 풍룡과 함께 웅대한 날개를 펼친다!!

검의 길을 걷길 원했지만, 태생적인 한계로
꿈을 접어야 했던 치유사 랑스.
그러나 결코 접을 수 없었던 지고(至高)의 꿈을 위해,
자신이 가진 모든 재능을 이용해 최강의 적과 맞서 싸운다!

총탄과 포탄과 마법이 난무하는 전장의 한복판을 지배하는 최강의 전력 기사!
그런 기사에 맞서기 위해, 랑스는 금지된 힘에 손을 대고야 마는데……

과학과 문명이 발달된 새로운 판타지의 전쟁!

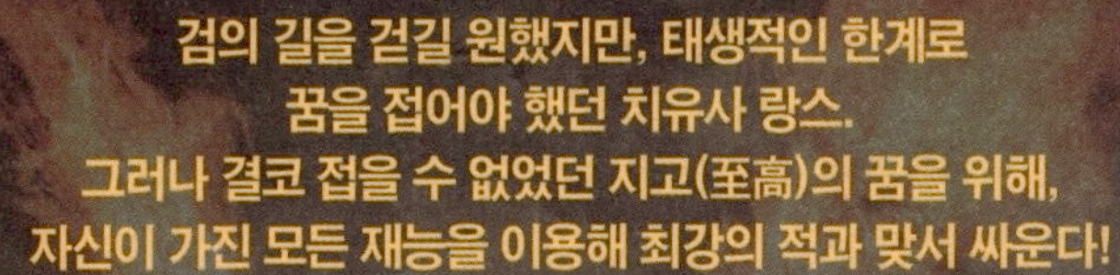

제국 帝國 무산전기

허담 新무협 판타지 소설

신황 단목천의 천무후무한 무림제국이 홀연히 붕괴한 후 삼백 년,
강호의 혼란을 종식시키고자 새롭게 등장한 무산(武山) 천의맹!
그 천의맹에 대변혁의 바람이 분다.

신황 단목천의 영광을 재현하려는 무림의 영웅들!
과연 새로운 무림제국은 다시 탄생할 수 있을 것인가?

그 혼란의 폭풍 속으로 독각수 적풍이 걸어 들어간다.
적풍과 함께 떠나는
파란만장한 강호의 대서사시!